AF080747

ストレスの多い人生と豊かな人生

武士道ヨガ

著者

Translated to Japanese from the English version of
Stressful life Vs Abundant life: Yoga in a Samurai way

Dr Sridevi K.J. Sharmirajan(H.G)

Ukiyoto Publishing

全世界での出版権はすべて

Ukiyoto Publishing

掲載 2024

ISBN 9789360498221

www.ukiyoto.com

免責事項

ストレスフルな人生対豊かな人生：サムライ流ヨガ」で提供される情報は、一般的な情報提供のみを目的としています。本書の内容は、研究、個人的な経験、ヨガと武士道の哲学的概念の統合に基づいています。

掲載されている情報の正確さと信頼性を確保するためにあらゆる努力を払っていますが、本書に記載されている修行法やテクニックがすべての人に適しているとは限らないことに留意してください。読者は、身体的なエクササイズを試みたり、新たな実践を取り入れたりする前に、資格のあるヨガ・インストラクターや武道の専門家、その他の適切な専門家に相談することをお勧めする。

本書の著者および出版社は、提供された情報の適用または誤った適用から生じるいかなる怪我、損失、損害に対しても責任を負いません。各自が自らの健康に責任を持ち、本書に記載されている身体活動を行ったり、実践したりする際には、注意深く個人的な判断を下す必要があります。

さらに、本書は医学的、心理学的、法律的な助言など、専門的なアドバイスに取って代わるものではありません。特定の健康上の懸念、身体的制限、その他の個別の事情をお持ちの読者は、新しい修行を行ったり、ライフスタイルを大きく変えたりする前に、適切な専門家の指導を受けることをお勧めします。

ストレスフルな人生対豊かな人生：サムライ流ヨガ』で述べられている意見は、あくまでも著者個人のものであり、本書内で言及されているいかなる組織、団体、個人の見解や意見を代表するものではありません。

本書をお読みになることで、あなたは自分の行動と決断に全責任を負うことを認め、承諾するものとします。著者および出版社は、本書で提供された情報を実行した結果や結果について、いかなる責任も負いません。

本書に記載されている実践やエクササイズを行う際には、ご自身の判断で、必要に応じて専門家に相談し、安全や健康を確保してください。

デディケイション

私の人生の一歩一歩を助け、導いてくれた両親、

K.J.シャルミラと B.サウンディララジャンにこの本を捧げたい。友人であり、指導者であり、いつも

私の作品の一番の読者であった祖母 R.カンナンマ

ルに特別な感謝を捧げます。亡き祖父 T.P.ジャヤラージとの美しい思い出は、私の子供時代に詩を書き、就寝前のお話を聞かせてくれたことです。最後に、すべての先生方、私の師であるサイババ、ヴェタティリ・マハリシ、そして人生で出会った人々に感謝します。

そして今までの人生で出会った人々。

今日まで私が彼らから受け取ったすべての知識に感謝します。

承認

ストレスフルな人生対豊かな人生：サムライ流ヨガ』の制作にご協力いただいたすべての方々に深く感謝申し上げます。この本は愛の結晶であり、この旅を通して受けたサポートとインスピレーションに身が引き締まる思いです。

この旅を通して受けたサポートとインスピレーションに、私は身の引き締まる思いです。

何よりもまず、古代日本のサムライたちに心からの感謝を捧げます。彼らの崇高な美徳と武士道への揺るぎない献身は、時代を超えたインスピレーションの源となってきた。彼らの正義、勇気、思いやり、尊敬、誠実、名誉、忠誠、自制心への献身が、本書の創作を導いてくれた。

私は古代のヨギと、彼らが何世代にもわたって伝えてきた深遠な教えに計り知れない感謝の念を抱いている。心、体、精神の一体性についての彼らの洞察、そして自己認識、マインドフルネス、内なる平和を強調する彼らの教えは、ヨガと武士道の掟を統合するための深い土台となった。

私の家族と友人たちへ、この創作過程を通しての揺るぎないサポートと励ましに感謝します。あなたの

本書の研究、執筆、推敲に費やした数え切れない時間の中で、私を信じ、忍耐してくれたあなたの存在はかけがえのないものでした。

この構想を実現させてくれたウィングス・パブリケーションズのチームに感謝の意を表したい。本を書くための

ヒントやコツを教えてくれたカイラシュ・ピンジャニとディーパク・パルバットに感謝したい。執筆の旅を通して私を導いてくれた Sagar Garve に特別な感謝を捧げます。私のビジョンを創作に導いてくれたアバス・マンガルに感謝する。禅の達人であり、生きがいコーチのサンチャリ氏とニランジャン氏には、本書のページを豊かにし、その信憑性を高めるのに貢献した日本文化に関する知識、サムライのイラスト、アイデアを分かち合ってもらい、特別な感謝を捧げます。

最後に、『ストレスフル・ライフ対アバンダント・ライフ：YOGA IN A SAMURAI WAY』を読んでくださった読者の皆さんに心から感謝申し上げます。本書が、内なる強さ、バランス、調和を目指すあなた自身の旅において、インスピレーション、ガイダンス、変容の源となることを願ってやまない。ヨガと武士道の統合が、あなたの日常生活にサムライの美徳とヨガの知恵を取り入れる力を与えてくれますように。

深い感謝を込めて

Dr. Sridevi K.J.

シャルミラジャン

まえがき

ストレスフルな人生対豊かな人生：YOGA IN A SAMURAI WAY』では、ヨガと武士道の高貴な美徳の架け橋となるユニークな旅に出る。本書は、これらの古代の哲学の深い交わりを探求し、現代の私たちにもたらす変容の力を発見するよう、あなたを誘う。

私たちの現代生活を変容させる力を発見してください。

名誉と規律の掟に生きた古代日本の武士からインスピレーションを得て、彼らの崇高な道を導いた原則を掘り下げる。正義、勇気、思いやり、尊敬、誠実、名誉、忠誠、自制心が彼らの存在の根幹を形成し、彼らの思考、行動、交流を形成した。これらの美徳へのコミットメントを通じて、サムライたちはバランス、正義、調和に根ざした世界を創造しようと努めた。

それと並行して、インド亜大陸に古くから伝わるヨガの知恵を探求する。ヨガは心、体、精神の統一を受け入れ、自己認識、マインドフルネス、内なる平和を培う変容的なプラクティスを提供します。身体的なポーズ、呼吸法、瞑想を通して、ヨガを学びます、

ヨガは、自分自身や世界とのより深いつながりを築きながら、心身の健康を育む力を与えてくれる。

この旅に出るにあたり、ヨガと武士道の融合について考察し、この2つの哲学の深い共通点と補完的な側面を明らかにする。静寂の誓い、禅と密教の瞑想、茶の瞑想、食の瞑想、サムライウォーク、刀の瞑想、身体訓練、芸術的表現など、内なる強さ、集中力、調和を養うためにサムライたちが実践してきた技法を掘り下げていく。

本書は、ヨガと武士道の掟の糸を織り交ぜ、これらの修

行の肉体的、精神的、霊的側面がどのように調和し、互いに増幅し合うかを探求する誘いである。実践的な洞察、力づけられる逸話、わかりやすいプラクティスを提供し、ヨガのプラクティスを深めながらサムライの美徳を受け入れることを可能にする。

「ストレスフルな人生対豊かな人生：YOGA IN A SAMURAI WAY』は、身体の活力を養い、精神を明晰にし、倫理的な行動を養い、自分自身や世界とのより深いつながりを築こうとする人々のためのガイドブックである。古代の叡智の力と、現代の私たちの生活におけるその継続的な妥当性を証明するものである。

ヨガと武士道の統合が、正義、勇気、思いやりの美徳を体現する内なる戦士を目覚めさせる力となりますように、

尊敬、誠実、名誉、忠誠、自制心。あなたの人生を豊かにし、世界に前向きな変化を促す、バランス、強さ、調和の道を発見できますように。

開かれた心と探究心を持って、この変容の旅に一緒に乗り出しましょう。

ヴァナッカム

Dr. Sridevi K.J. シャルミラジャン

序文

ナマステ、知恵を求める仲間たち、そして精神の戦士たちよ！(この日本ツアーでは、コンニチハと言うべきか？

と言うべきか）。

武士道の掟、サムライのテクニック、そして魔法のようなヨガの世界。何だと思いますか？このクレイジーな冒険のガイドは、我らが生徒、スリデヴィだ！

この本は、人生を変えるための本でも、光を見るためのハック本でもない。根深い哲学を理解し、私たちの祖先が見つけた知恵を取り入れるよう促す本なのだ。

スリデヴィが初めて私たちに連絡をくれたのは、セレンディピティだった。イキガイが私たちを引き合わせたのです。私たちはイキガイのコーチであり、彼女はイキガイについて本を書こうとしていた。その結果、会話が生まれ、意見交換が行われ、この言葉が生まれたのだ。

今日、「生きがい」と「禅」は、インスタグラムのキャプションや生産性向上ガイドで見かける言葉だ。しかし、これらの日本語のルーツはもっと深い。その定義は、ポップカルチャーで目にするような4つの円のベン図を超えたところにある。

思い浮かべてみてほしい。派手な刀と壮大な髪型をしたサムライたちは、正義、勇気、思いやり、尊敬、誠実、名誉、忠誠、自制心という8つの徳によって生きていた。正義、勇気、思いやり、尊敬、誠実、名誉、忠誠、自制心である。これらの美徳は彼らのスーパーパワーのようなもので、名誉と素晴らしさの世界を創造するよう導いていた。

しかし、まだある！スリデヴィはサムライたちの秘技をこぼす。彼らは沈黙の誓いを揺るがし、禅や密教の瞑想に励み、基本的にワルの達人になる。これらの戦士たちは、自分の内なる禅を見つける方法を知っていたし、いくつかの深刻なお尻を蹴る！

そして今、友人たちよ、ヨガの世界に飛び込もう。そこでは、身体、心、魂が一体となり、大きな喜びのハグをする。偉大なるB.K.S.アイアンガーが言ったように、「ヨガは、耐える必要のないものを治し、治すことのできないものを耐えることを教えてくれる」。さあ、体をねじり、曲げ、呼吸を整え、肉体的な活力、精神的な明晰さ、そして自分自身と宇宙への愛を手に入れよう。

この衝撃的な本のページをめくるうちに、スリデヴィの言葉があなたを真の魂の戦士のように感じさせてくれるだろう。さあ、シートベルトを締めよう。この冒険は、あなたを自己発見、自己成長、そしてインド流の叡智の数々へのワイルドな旅へといざなうのだから。

さあ、満面の笑みとチャイを片手に、この壮大な冒険に一緒に乗り出そう。内なる戦士を解き放ち、内なるボリウッドのワルを受け入れ、武士道の古代の教え、サムライのテクニック、そして活気に満ちたヨガの世界に潜む魔法を発見する準備をしよう。

サンチャリとニランジャン

ソウルフロー禅アカデミー共同創立者

目次

はじめに

日常生活の中で、私たちは多くの問題を抱えており、その問題を解決するために家族や友人、職場などを助けているかもしれない。しかし、少し時間をとって自分自身を見つめてみただろうか？自分自身に問いかけてみよう：

- あなたが直面している身体的、精神的な問題を認識していますか？
- バランスの取れた、健康で豊かな生活を送っていますか？
- 仕事のプレッシャーから、家族や友人を無視していませんか？
- 嫌な経験で一日が台無しになった？
- 一日の始まりが混沌としていませんか？
- 仕事と私生活に満足していますか？
- 本当の自分」を知っていますか？

自問自答しなければならないことがたくさんあるだろう。社会や家族は、あなたの異なるバージョンを見るかもしれない。他人の助けを借りることは悪いことではないが、彼らが助けてくれるのはある程度までだ。彼らはあなたの完全な姿を知らない。他人が目の前にいるから、あなたは他人の面倒を見る。

本当に自分を助けたいのなら、自分を愛する必要がある。

本書は、IT プロフェッショナルからヨガ・ティーチャーに転身した女性の旅である。IT 業界とヨガは、キャリアの両極に位置するものである。騒がしい環境にも平和な環境にもいたからこそ、私の経験と観察は語るに値する。

どのような職業に就いていても、多くの人は自分自身を大切にすることができない。多くの人は忙しさに追われ、リラックスする時間など 1 分たりともない。たとえ休みを取ったとしても、自己管理よりも休息や家族との時間を優先する。また、子供たちはスマートデバイスで遊び、仕事をし、自己愛や自己ケアを意識していない。

多くの職場や学校、大学では、精神的な健康に気を配るために身体の健康教室を開いている。しかし、多くの人は数日間だけ参加し、健康であることを当たり前だと思っている。そのため、多くの人が一貫性を欠き、多くの問題に悩まされている。

ストレスフルな人生対豊かな人生：サムライ流ヨガ』では、2つの哲学に共通する原理、価値観、実践方法を探る。内なる強さ、集中力、調和を養うために侍が実践してきた技法-瞑想、マインドフルな食事、茶道、肉体の鍛錬、剣の思索など-を掘り下げていく。ヨガの教えを織り交ぜたこれらの修行は、個人の成長と自己修練への総合的なアプローチを提供する。

「誰かを助ける前に、まずセルフレスキューの練習を」--モーリーン・ジョイス・コノリー。

本書では、自己愛、自己管理、自己規律、自己動機づけ、自信などの重要性に焦点を当てる。自分を大切にすることは、決して欲張りなことではない。他人に頼ってはいけない。古いことわざにあるように、自助努力は最高の助けである。

この本を通して、私は「SELF」で始まる言葉について話すつもりだ。なぜなら、自信に満ちた幸せな人生を送るために、自分を信頼し、表現することができるからだ。セルフケアを実践するようになれば、自分の問題の原因は自分にあり、その問題を解決できるのは自分だけだということがわかるようになる。

本書は、サムライの美徳とヨガの知恵を自分の人生に取り入れるための招待状である。実践的な洞察、力づけられる逸話、わかりやすい実践を通して、正義、勇気、思いやり、尊敬、誠実、名誉、忠誠、自制心といった崇高な美徳をどのように受け入れるか、ヨガの練習を深めながら、バランスのとれた調和のとれた存在を育む方法を発見できるだろう。

ベテランのヨギーであれ、武道愛好家であれ、単に内なる強さとバランスを求める人であれ、『ストレスフルな人生対豊かな人生：YOGA IN A SAMURAI WAY』は探求と変容の道を提供する。内なる戦士を目覚めさせるためのガイドブックであり、以下を体現する力を与えてくれる。

ヨガ入門

セルフケアは重要か？

私たちはいつも忙しい世の中に生きている。仕事に忙殺され、家に帰れば休息し、また一日が始まる。忙しく働く現代人は、自分自身を大切にすることができない。彼らはいつも、友人や家族、映画、ゲームなどで自由な時間を過ごすことを好む。ほとんどの人は、自分の外側を大切にして、自分の内側をないがしろにしている。本当の自分」の目的を理解するためには、自分の思考を大切にし、自分自身と向き合うことが必要だ。

セルフケアは、全体的な健康を維持し、ストレスを管理するために不可欠な習慣です。リラックスし、充電し、自分を大切にするのに役立つセルフケアのテクニックはたくさんあります。ヨガは、心、体、精神に総合的な効果をもたらすことから、優れたセルフケア法としてよく知られています。ヨガの歴史と、古代インドでどのように実践されていたかを理解することは重要です。

ヨガ神話

ヨガは、5000 年以上前にインドで実践された古代芸術のひとつである。ヨガの体系は当初、ヒランヤ・ガルバ聖者によって広められたが、その後パタンジャリ・マハリシによって体系化された。パタンジャリはヨガの父と呼ばれています。

ヨーガ・スートラと呼ばれる。ヨーガは「Yuj」という言葉に由来し、結合、融合、調和を意味する。心身が生命エネルギーと調和すること、それがヨガを実践する動機なのです。

神話について話しましょう。アーサナ、プラナヤマ、瞑想を実践することが本当のヨガだと誰もが思っています。ヨガの経典には 196 の経典があり、4 つの章に分かれています。

サマディ・オン

サマディ・パダは 51 のスートラから成り、瞑想中に達成される至福の状態、サマディ状態を扱う。意識は完全に自分自身を認識し、思考から解放され、完全な状態にある。パタンジャリはまた、プラナヴァ（OM）とその繰り返しの重要性を強調している。OM は過去、現在、未来を超えたところにあるものを表している。OM は、過去、現在、未来を超えたところにあるものを表している。心は均衡を保ち、快楽や苦痛によって引き起こされる雑念がなくなる。原初の状態と平衡し、それ自身の中に平和が訪れる。

サダナオン

55 の経典から成る。サダナとは修行を意味し、クリヤヨガとアシュタンガヨガを扱う。カルマ・ヨーガとクリヤー・ヨーガは同じ目的を持ち、クリシュナ神が『バガヴァガ』の中で説明したように、行為の結果を期待することなく、どのように行為を行うべきかを説明しています。

クリシュナ神がバガヴァッド・ギーターの中で説明したように、行為の結果を期待することなく行うことを説明している。

パタンジャリ・マハリシによると、アシュタンガヨガは 8 つの手足から構成されており、その手足は以下の通りである。

1.　山-非暴力、誠実、不偸盗、禁欲、不貪欲など、行動規範に従った正しい生活。

2.　ニヤマ-自分の中にポジティブな環境を作り出すために、純潔、満足、緊縮、内省、神への思索などの義務を果たすこと。

3.　アーサナ-身体的な修行を通して身体と心を統合する。

4.　プラーナーヤーマ-呼吸を整え、コントロールすることで落ち着きを得る。

5.　プラティヤハーラ-外界の知覚から心を引き離すこと。

6. ダーラナ-心の集中。
7. ディヤーナ-瞑想と観想。
8. サマディ-神と一体化した状態。

ビブーティ・オン

ヴィブーティとは、サンスクリット語で「力」や「顕現」を意味する言葉である。第 3 章では、ダーラナ、ディヤーナ、サマーディといったアシュタンガ・ヨーガの最後の 3 つの手足が述べられている。ヨーガの実践によって達成できる超能力やシッディを扱った 56 の経典が収められている。自然の最も深い秘密が明らかになるとき、マインドウェーブの周波数は非常に低い、あるいは微妙なレベルまで下がる。また、心の力による顕現についても述べられている。私たちが神の恩寵の最も純粋な姿になるためには、思考、言葉、行いの純粋さが最も重要である。

カイバルヤ・オン

カイヴァリヤとは「孤立」を意味する。34 の経典が収められている。モクシャ、すなわち魂の解脱について語っている。意識は神と融合し、もはや心の動きに邪魔されることはありません。カイヴァリヤ・パダは解脱のプロセスを説明し、カルマの概念と因果応報について述べています。生まれ変わりからの解放と苦しみからの解放を理解する助けとなり、モクシャを達成するために私たちを真の自己へと導いてくれます。

ヨーガの主な目的は、運動、呼吸法、思考の内省、瞑想の実践を通じて、ポジティブで健康的な生活を送り、神聖な状態と融合できるように自分自身を修正するために、行動規範に従って生きることです。

ラーマーヤナにおけるヨガ

ラーマーヤナとマハーバーラタという 2 つの偉大な叙事詩の話は聞いたことがあるかもしれない。しかし、その時代に誰もがヨガの原理を実践し、高潔な生活を送っていたという事実はあまり知られていない。

ラーマーヤナ』は 24,000 節からなり、トレタ・ユガを舞台としている。アヨーディヤ王国のラーマ王が、弟ラクシュマナ、ハヌマーン、猿の軍隊の助けを借りて、最愛の妻シータをラーヴァナの魔手から救い出そうとする物語である。

ヴァルミキの『ラーマーヤナ』では、ヨーガの経典の背後にある哲学が説明され、ヨーガの要素が登場人物として描かれ、人々の理解を深めるために物語の形で語られている。また、ダルマの偉大さを象徴する登場人物の美徳とダルマについても説明されている。この本では、古代のパタンジャリ・マハリシの仕事を反映した様々な瞑想法について触れています。

ラーマーヤナにおけるヨガの八支則

ラーマーヤナ』では、ラーマ神はしばしばダルマの原理の体現者と見なされ、正義の道を歩む理想的な人間として描かれる。一方、ラーヴァナは悪の体現者であり、自らのエゴと欲望に突き動かされる人物として描かれている。ラーマもラーヴァナも人生の多くの側面に長けていたが、ヨーガの八支則に関しては異なる道を歩んだと言える。

- ヤマ（抑制）：ラーマのキャラクターはこの肢体を象徴しており、物語全体を通して彼の行動や決断にその資質が表れています。

- ニヤマ（遵守）：ラーマへの揺るぎない献身と他者への無私の奉仕において、これらの資質を体現するシータの性格は、この肢体を象徴している。

- アーサナ（ポーズ）：ハヌマーンアーサナ、ヴァシスターサナ、チャンドラーサナ、ヴィラーサナ、タダーサナ、ガルーダーサナなど、

- プラナヤマ（呼吸法）：プラーナヤーマが集中力と安定した呼吸のコントロールを必要とするように、バラタは執政官としての義務を堅持し、ラーマが追放されている間、ラーマに代わってアヨーディヤを統治します。彼の揺るぎない献身、自制心、落ち着いた態度は、呼吸のコントロールと調節の練習を通して培われた資質を例証している。

- プラティヤハーラ（感覚遮断）：ラクシュマナのキャラクターは、外的な雑念から離れ、自分の義務と責任だけに集中できるように描かれることが多く、この肢体を象徴している。

- ダーラナ（集中力）：ラーヴァナという人物は、様々な科学や芸術の研究に絶大な集中力と集中力を持っているように描かれているが、その集中力はエゴと権力欲に突き動かされている。

- ディヤーナ（瞑想）：ヴァルミキは『ラーマーヤナ』

の物語を書く前に瞑想したと信じられている。ヴァルミキの深い内省、悟り、叙事詩を書いた瞑想状態は、ディヤーナの実践を反映している。

- ⍰サマディ（神との一体化）：ラーマは、完璧な美徳と献身の生活を送ることで、神との一体感を得たと信じられている。彼の旅、試練、そして最終的な勝利は、霊的な悟りと一体化に向かう道を表している。

ラーマーヤナのヨーガ的解釈

これらの手足に関連する修行の多くは、ラーマーヤナ物語の登場人物の行動や振る舞いに見ることができる。以下に、ヨギ的解釈の例をいくつか挙げてみよう：

- ラーマ王の人生は苦痛と苦悩の連続である。しかし、この試練と困難の中で、ラーマ王はバランスを保ち、人生の原則と価値観に妥協することなく、高潔な人生を送ります。
- ラーマ王の行動は、他者のために義務と責任を果たすためのものです。このような利他的で無欲な生き方にもかかわらず、彼はどんな時も幸せで平穏である。
- ラーヴァンは真の古代ヨギである。しかし、思考、心、エゴの揺らぎにより、彼はラーマに打ち負かされた。ラーマは厳しい時でもヨーガの手足に従っていた。
- 『ラーマーヤナ』を解釈し、すべての人間は生まれながらにしてラーマ神（善）とラーヴァン神（悪）であるという教訓を学ぼう。ヨーガの8つの手足を実践し、倫理的な生活を送ることで、自分の中にあるラーヴァンの側面を殺すことができれば、ラーマの側面に変わり、サマディの境地に達することができる。

マハーバーラタにおけるヨガ

ヨガの科学にとって、もうひとつ重要な実話が『マハーバーラタ』だ。約 5000 年前に生きたクリシュナ神の物語である。マハーバーラタは賢者ヴィヤーサによって書かれ、20 万以上の詩行からなる最も長く知られている叙事詩のひとつで、ドヴァーパラ・ユガを舞台としている。パンダヴァ家とカウラヴァ家という 2 つの分家が、クルクシェトラ戦争でハスティナプラの王位をめぐって争う物語である。

マハーバーラタにおけるヨガの八支則

マハーバーラタでは、宗教、哲学、正義、習慣、風習、王とその王国、無限の知恵を持つ賢者や先見者など、様々なヨガのトピックが論じられている。マハーバーラタから見たヨガの重要性を見てみよう。

- ヤマ（自制）：クリシュナ神はアルジュナに、敵を前にしても自制心と抑制を働かせるよう助言する。カウラヴァ族、特にドゥルヨーダナはしばしば倫理に反する行動をとるが、ユディシュティラ率いるパンダヴァ族はダルマの原則に従おうと努力する。
- ニヤマ（遵守）：パンダヴァ族は弓術と戦いの練習に献身的である。カウラヴァスは、特に食べ過ぎ、飲み過ぎで、より放縦に描かれている。
- アーサナ（姿勢）：カウラヴァスもパンダヴァスも熟練した戦士であり、体力と敏捷性に重きを置いている。
- プラナヤマ（呼吸法）：カウラヴァスもパンダヴァスも、特に戦いの最中や肉体的に過酷な状況において、呼吸をコントロールしていることが示されている。

- プラティヤハーラ（感覚の撤退）：パンダヴァ家、特にアルジュナは感覚を引き離し、目標に集中することができるが、カウラヴァ家はしばしば個人的な欲望に気を取られる。
- ダーラナ（集中）：カウラヴァスもパンダヴァスも、集中力と集中力の程度は様々で、特に戦いの最中や他の重要な場面で顕著である。

• ディヤーナ（瞑想）：パンダヴァ家、特にユディシュティラとアルジュナは、瞑想と祈りを含む強い精神修行をしているように描かれている。一方、カウラヴァ族は、世俗的な追求や物質的な富に重きを置いているように描かれている。

• サマディ（神との融合）：パンダヴァ族、特にアルジュナは、精神的な修行とクリシュナ神への献身を通じて、神との一体化の状態を達成したことが示される。一方、カウラヴァスは王国の権力に重きを置き、精神的な追求にはあまり重きを置いていない。

マハーバーラタのヨギー的解釈

マハーバーラタ』にはヨガの 8 つの手足は明確に記されていないが、これらの手足に関連する原理や実践の多くは、物語の登場人物の行動や振る舞いに観察することができる。以下はその解釈である：

• パンダヴァ家とカウラヴァ家は従兄弟同士であり、互いに才能に恵まれていたが、パンダヴァ家はヨーガの道を歩んだ。偉大なヨーガの達人であるクリシュナ神は、戦争を通じてアルジュナを導いた。

• カウラヴァスとカルナは偉大な戦士であったが、思考、エゴ、考え方のアンバランスが原因で戦いに敗れた。

• マハーバーラタを解釈し、私たちは生まれながらにしてパンダヴァ（善）とカウラヴァ（悪）であり、それぞれの性格は私たちの中にある感情であるという教訓を学びましょう。バランスの取れた人生を送るためには、自分自身の思考、心、健康的な習慣、運動、瞑想、友人、敵、教師、家族、その他多くのことに取り組む必要がある。

バガヴァッド・ギーターにおけるヨガ

バガヴァッド・ギーターは "主の歌 "とも呼ばれ、700 の詩（スローカ）からなり、マハーバーラタの一部である。アルジュナとクリシュナの対話形式で、クルクシェトラの戦場を舞台にしている。魂は不滅であり、人は生と死の輪から自由になるべきだと説いている。本文は 18 章からなり、バクティ・ヨーガ、カルマ・ヨーガ、ラージャ・ヨーガ、グニャーナ・ヨーガの重要性を強調している。ヨーガの実践は罪の刻印を根絶するのに役立ち、それは高次の自己と神の実現に絶対不可欠である。

心を内側に向け、外界の魅力から遠ざけ、そこで絶対的な真理に集中し続け、霊的な英知への道を開くことは、亀が甲羅に引き寄せられる様子に例えられる。アグナ・チャクラに心を集中させることによってグニャーナを求める方法は、第 V 章の 27 節と 28 節に述べられている。

バガヴァッド・ギーターの第 6 章で、クリシュナは自分の心と感覚をコントロールする手段として、アシュタンガ・ヨーガや瞑想のプロセスを説明している。瞑想中は、布、鹿の皮、草などでできたマットレスの上にしっかりと座るよう、修行者に勧めている。そして心を感覚器官から引き離し、集中させる。体、頭、首は動かさず、一直線にする。目は鼻先に焦点を合わせ、心は、窓のない部屋のランプの炎のように、思考を排して安定させ、神を悟るためにアグナ・チャクラを瞑想する。食事、睡眠、レクリエーション、仕事などの習慣を整える人は、ヨーガ・システムを実践し、すべての物質的欲望に自由を与えることで、すべての物質的苦痛を和らげることができる。

第 8 章では、オーム・マントラの力について述べられている。目を閉じ、心をハートと頭頂の生命の空気に固定し、ヨーガの修行に身を置き、神聖な音節であるオームを振動させ、至高の文字の組み合わせを唱え、神の至高の人格を思い、肉体をやめれば、必ず究極の真理に到達する。この本は、オームのマントラを唱えることによって、クンダリーニをムーラダーラからサハスラーラチャクラに上昇させることの重要性を明らかにしており、それは 12 節と 13 節で述べられている。

バガヴァッド・ギーターにおけるヨガの八支則

マハーバーラタの一部であるバガヴァッド・ギーターは、パタンジャリのヨーガ・スートラに記されているヨーガの 8 つの手足を包括的に説明しています。ここでは、バガヴァッド・ギーターの中で各手足がどのように説明されているかを簡単に紹介します：

- ヤマ（倫理的指針）：クリシュナ神はアルジュナに、暴力や不正行為などの有害な行為を慎み、ヤマを実践するよう助言する。
- ニヤマ（自己規律）：クリシュナ神はアルジュナに、純潔、自制心、神への献身といった美徳を培うことによってニヤマを実践するよう助言する。
- アーサナ（身体の姿勢）：クリシュナ神は、瞑想を実践するために、安定した楽な姿勢で座ることの重要性を説いている。
- プラナヤマ（呼吸法）：クリシュナ神はアルジュナに、心を落ち着かせ意識を集中させるためにプラナヤーマを実践するよう助言している。
- プラティヤハーラ（感覚の撤退）：クリシュナ神はアルジュナに、外界の雑念から感覚を遠ざけ、自己の内面に集中するプラティヤハーラを実践するよう助言する。
- ダーラナ（集中）：クリシュナ神はアルジュナに、神の姿に心を固定し、神の神聖な特質を瞑想するダーラナを実践するよう助言する。
- ディヤーナ（瞑想）：クリシュナ神はアルジュナに、神の神聖な姿を瞑想し、神と一体化することによってディヤーナを実践するよう勧める。
- サマディ（神との合一）：ヨガの究極の目標は、神との一体化、すなわちサマディを達成することである。クリシュナ神は、サマディとは神に完全に吸収された状態であり、個人の自己が普遍的な意識と融合した状態であると説明する。彼はアルジュナに、霊性修行の究極の目標として、この合一の状態を目指すよう助言する。

パタンジャリ・ヨガ、ラーマーヤナ、マハーバーラタ、バガヴァッド・ギーターの基本的な考え方を理解するために、ヨガの原則を見てきました。ヨガはアーサナ、プラナヤマ、ディヤーナだけではないことを理解する必要がある。古代の書物にも、セルフケアが必要であり、それを怠れば自滅につながることが示唆されている。身体、心、魂を統合する科学なのだ。これらの基本的な考え方は、読者がこの本の次の章を理解するのに役立つだろう。

武士の力

武士入門

サムライとは、11 世紀から 19 世紀にかけて日本の行政・戦闘貴族を担った武士カーストのことで、彼らは日本の歴史と文化において重要な役割を果たした。彼らは武士道と呼ばれる厳格な行動規範に従っていた。彼らは、主君に忠誠を誓い、主君を守るという厳格な原則を持つ行動規範に従い、国の軍事的、政治的景観を形成するという、日本の歴史において重要な役割を果たした。

武士は武術、弓術、乗馬、水泳、剣術に優れ、戦争術と戦略にも長けていた。彼らは戦いで打ち負かすことは不可能な手強い戦士だった。彼らはそのスタイル、優雅さ、優美さで知られていた。彼らは詩歌、岩石庭園、単色水墨画、書道、文学、茶道、華道の訓練を受け、それは彼らの生き方に反映されていた。彼らは文学、哲学、芸術の分野で教養があった。

オンナ・ムシャとオンナ・ブゲイシャ

武士は男性だけでなく、女武士という印象的なグループも存在し、彼女たちは男性武士に劣らず力強く、賢く、殺傷力があった。女武者とは、近代以前の日本における女性武士のことである。彼女たちは侍の男性とともに戦場で戦った。女武者は封建時代の日本の武士階級に属し、戦時には家、家族、名誉を守るために武器の使い方を訓練された。女武者は村を守り、若い女性に武術と軍事戦略を教える学校を日本帝国中に開いた。女武芸者」は防御的な女性戦士を指し、「女武者」は攻撃的な女性戦士を指す。

ブシドー・コード

武士は古代日本社会の貴族階級に属する武士であり、武士道という掟に従って倫理的な生活を送っていた。武士道とは、江戸時代に正式に制定された、武士の態度、行動、ライフスタイルに関する道徳規範である。武士階級の原則と道徳の不文律であった。武士道の主な焦点は、特定の倫理規範を遵守する武士に自制心を教えることであった。武士道の価値観は、武士が名誉を守り、忠誠を尽くし、他人を思いやることにあった。武士道とは、武士が生まれてから死ぬまでの人生を導くものである。新渡戸稲造によれば、武士道の八徳は以下の通りである。

1. ジャスティス（ギ）
2. 勇気（優）
3. 思いやり（仁）
4. リスペクト（玲）
5. 誠実さ（誠）
6. 名誉（明豊）
7. 忠誠心（チュー）
8. 自制心

侍のこれらの原則への揺るぎないコミットメントは、彼らの個人的な性格を形成するだけでなく、日本社会の構造にも影響を与えた。それは、武士の行動、考え方、生き方を形作る一連の原則と価値観を包含していた。

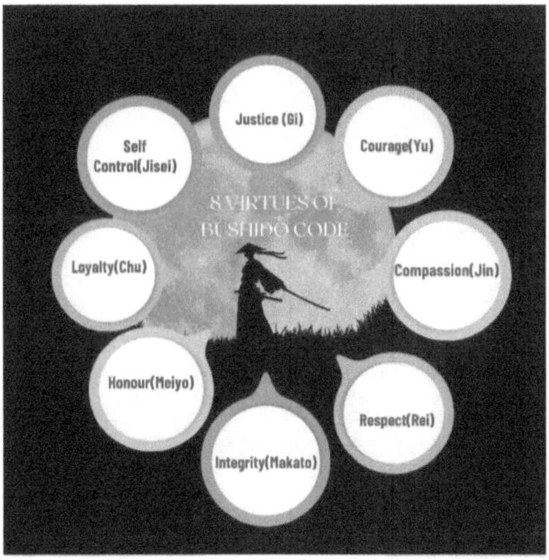

侍の武器

日本史上の伝説的人物である武士の武器は、戦闘の道具であると同時に、彼らの名誉、技術、揺るぎない忠誠心の象徴でもあった。丹念に作られ、巧みに振り回されるこれらの武器は、侍の武勇とアイデンティティを形成する上で極めて重要な役割を果たした。

刀：武士のアイデンティティの象徴

刀は湾曲した片刃の刀で、武士の武器の典型である。その卓越した切れ味とバランスで有名なカタナは、サムライの魂の体現だった。何層もの鋼鉄を含む細心の工程を経て鍛造されたカタナは、美しさと致命的な効率の両方を持っていた。そのデザインは素早く正確な打撃を可能にし、武士の武勇と主君への揺るぎない献身の象徴となった。

脇差：仲間の刀

脇差は、刀に似たデザインの短い刀で、武士の予備武器の役割を果たした。カタナと並んで着用されるワキザシは、サムライの社会的地位と戦闘態勢のシンボルだった。それは近接戦闘のために使用されただけでなく、武士道、彼らの生活を支配する行動規範へのコミットメントを意味し、儀式の目的も果たしていた。

弓を極める

弓は、日本の伝統的な弓であり、武士の重要な武器であった。武士の弓術の熟練度は、その技術、正確さ、遠くから攻撃する能力の証であった。弓は通常、竹、木、動物の筋の組み合わせから作られ、習得するには長年の練習が必要だった。弓道は、戦争、狩猟、儀式において重要な役割を果たし、武士の多才さと規律正しさを示した。

薙刀：万能の極意

薙刀（なぎなた）は、曲がった刃を持つ棒状の武器で、武士、特に女武芸者（おんなぶげいしゃ）が振るった手強い武器だった。その長いリーチと多用途性は、騎馬兵と徒歩兵の両方に対する効果的な防御を可能にした。薙刀はしばしば複雑なデザインで飾られ、武士の美的感覚を示すと同時に、戦いで振るう強力な武器を提供した。

その他の武器と道具

カタナ、ワキザシ、ユミ、ナギナタに加えて、サムライ戦士は他の武器や道具の配列を使用した。短刀（接近戦に使う短剣）、太刀（騎兵隊がよく使う長い刀）、槍（やり）、手裏剣（投げ槍）などだ。それぞれの武器には独自の用途があり、使いこなすには専門的な訓練が必要だった。

日本の高貴な戦士たちの生活における宗教

宗教は、武士が信条、価値観、日常生活を形成する上で重要な役割を果たしたが、その中でも 2 つの顕著な精神的影響に焦点を当てた： 禅宗と神道である。これらの宗教的伝統を通して、武士は導き、内なる強さ、悟りを求め、武士としての義務と精神的悟りの探求のバランスをとっていた。

禅仏教：瞑想と内観の道

インドの僧侶である菩提達磨は、伝統的に禅宗の系譜における第 28 祖と見なされている。菩提達磨は紀元 5〜6 世紀にインドから中国に渡り、ディヤーナ（瞑想）と大乗仏教の教えを伝えた。菩提達磨が強調した直接的な経験、内面的な内省、瞑想による悟りの達成は、後に禅宗へと発展する基礎となった。

12 世紀に日本に伝来した禅宗は、武士の精神観に大きな影響を与えた。禅は悟りを得るための手段として、直接的な体験と瞑想を強調した。武士は禅の教えを受け入れ、その規律、自己反省、人生の無常を強調することに慰めを見出した。禅の瞑想（座禅）は、集中力、精神的な明晰さ、無執着の感覚を養う方法を武士に提供し、戦いと死の不確実性に冷静に立ち向かうことを可能にした。

菩提達磨の教えは、侍の自己認識、現実の本質、悟りの追求に変革的な影響を与えた。禅の "無心"（無心）の概念は、雑念のない意識と自発的な行動を特徴とし、戦いの中で恐れ、ためらい、エゴを超越するという武士の理想と密接に一致した。プレゼンスの育成と内側の静けさは、武士の訓練と生き方に不可欠となった。

武士の行動規範である武士道は、禅宗と深く結びついていた。武士道は、忠義、名誉、自己鍛錬といった徳目を強調する。禅の教えは、心構えと自制心を強調し、武士の日常生活においてこれらの価値観を強化した。禅は、武士が遭遇する複雑な道徳的ジレンマを乗り越えるための哲学的枠組みを提供し、倫理的行動と自己向上に努めた。

神道：祖先崇拝と自然への畏敬

日本固有の宗教である神道もまた、武士にとって重要な意味を持っていた。祖先の霊への崇敬と自然の神々への崇拝に根ざした神道は、武士に家系や土地との精神的なつながりを与えた。清めの儀式や供え物などの神道的儀式は、武士の生活に欠かせないものであり、精神的な保護と神の加護を保証するものであった。

武士は自然を敬い、すべての存在の相互関係を認識しながら、周囲の世界との調和を求めた。神々や自然は争いの時に自分たちに有利なように介入し、自分たちを守り、勝利を与えてくれると信じていた。武士たちは、戦場での成功と生存を、深い感謝の念と献身を育むことに帰結させたのである。

禅宗と神道の統合

武士たちは禅宗と神道を別々のものとしてとらえるのではなく、この 2 つの宗教的伝統の統合を受け入れた。禅の自己鍛錬と内面への内省を重視する姿勢と、神道の自然や祖先の霊に対する畏敬の念との共存に調和を見出したのである。武士は瞑想の静寂と、主君と土地を守る神聖な義務のバランスを取ろうとした。

武士たちが実践した精神修養は、彼らの生活だけでなく、日本の文化や芸術をより広範に形成し、不朽の遺産を残した。

を形成した。禅宗と神道の融合は、茶道、武道、詩歌や書道などの芸術表現など、武士文化のさまざまな側面に影響を与えた。これらの宗教的実践は彼らの行動規範を形成し、精神的な慰めを与え、日本文化に消えない足跡を残した。

現在のライフスタイルにおける武士道規範

忙しいスケジュール、夜遅くまでの仕事、週末の激務、仕事とプライベートのアンバランス、お金の問題、健康問題など、私たちの生活には多くの困難がある。しかし、武士道というものは、現在のライフスタイルにも適用できるものである。武士は武術の訓練や戦いに長けており、日常生活での行動や振る舞いから、自分の人生をうまく管理することができる。では、武士道を現代の生活にどのように取り入れ、ストレスの多い生活から豊かな生活へと変えていくのか、その方法を見ていこう。

- マインドセットの重要性
- 内なる力のバランス
- 新しいスキルの習得
- 自己改善
- 自分の強さと弱さを自覚する
- 前向きな姿勢を保つ
- 信頼できる人であること
- リスクを負うことを厭わない
- 感情を管理しコントロールする能力
- 勇気を持つよう他人を鼓舞する
- 新しい課題に立ち向かう
- 恐怖に打ち勝つ
- 新しい状況に適応する
- 年長者、仲間、敵を尊重する。

それでは、武士が守ってきた「武士道八徳」について説明しよう。私たちには毎日、対処しなければならない問題が山積している。一日の始まりも終わりもストレスフルなものだ。しかし、武士は常に武士道という掟に従い、私生活や仕事においてどのように行動すべきかの指針を示している。豊かな人生を手に入れるためには、肉体的に強く、精神的にバランスを保ち、精神的に興奮する旅に出なければならない。武士道がどのように

ジャスティス(Gi)

"ジャスティスに関しては、周りを見るな。鏡を見ろ。

-マイケル・スタットマン

私たちは自分自身を正当に評価しているのだろうか

- 私たち自身の身体と心に対する正義を優先しないことは、どのような結果をもたらし、私たちの全体的な幸福にどのような影響を与えるのか？
- 私たちの身体と心に対する正義の不在は、どのような点でセルフ・ネグレクト（自己放置）や私たち自身のニーズの軽視につながるのか。
- 私たちの身体と心に対する正義をないがしろにすることのリスクと危険性とは何か、またそれは私たちの身体的・精神的健康にどのような影響を与えるのか。
- 私たちの身体と心に対する正義の欠如は、どのように自己破壊的な行動やパターンを永続させるのか。
- 私たちの身体と心のための正義を達成することの限界と課題とは何か。
- 私たちの身体と心に対する正義の不在は、精神的健康状態の発症と悪化にどのように寄与するのか？
- 自尊心、自己価値、セルフケアの観点から、私たちの身体と心に正義を与えないことは、どのような意味を持つのか？
- 正義を軽視することは、身体的にも感情的にも、自分自身のニーズを認識し、それに対処する能力をどのように妨げるのか。
- 私たちの身体と心にとって、正義を軽視することがもたらす長期的な結果とは何か。また、それは私たちの生活全体の質にどのような影響を与えるのか。

• 私たちの身体と心に対する正義の欠如は、どのように不満、不幸、そして自分自身との断絶感につながるのか？

私たちの身体と心は、私たちの全体的な幸福に不可欠な部分であるため、私たち自身の身体と心に正義が求められます。私たちの身体と心に正義を与えるには、私たちの幸福を優先し、私たちのニーズに対処し、私たち自身を公平に扱うために、意図的な行動をとることが必要です。それは、自己認識と自己慈愛を必要とする継続的なプロセスである。それは自己発見と自己ケアの旅であり、より調和のとれた充実した人生へと導いてくれる。サムライが日常生活で正義をどのように使っていたか見てみよう。

ジャスティス(Gi)

正義は、社会秩序を維持し、公正を守り、社会の集団的福祉を維持するという武士のコミットメントの不可欠な部分を形成していた。武士は、公正な社会には資源、機会、権利の公平な分配が必要だと理解していた。彼らは、このバランスを維持することは、社会の安定とコミュニティの全体的な幸福のために重要であると信じていた。武士はその行動を通じて、不均衡を是正し、公平を促進し、すべての個人が尊厳と尊敬をもって扱われるように努めた。

正義の追求は、個人の偏見や外部からの圧力に関係なく、武士が正義と公平に導かれた決断と行動をとることを要求した。厳格な行動規範を守ることで、武士は公正で公平な扱いが優先される環境を作ることを目指した。

武士は、地域社会における対立や紛争の解決に重要な役割を果たした。彼らは調停者として、可能な限り平和的な手段で調和を回復し、紛争を解決しようと努めた。正義を重んじる武士は、あらゆる視点を考慮し、証拠を公平に評価し、公平で公正な判断を下すことが求められた。知恵と公正さをもって紛争を解決する彼らの能力は、社会全体の安定と幸福に貢献した。

武士道的正義

武士は、特に紛争や緊張が高い瞬間に、心の静けさと冷静さを維持するために沈黙の力を認識していた。沈黙を守ることで、感情をコントロールし、衝動的な反応を避け、明晰で集中した心で状況に臨むことができた。この感情のコントロールによって、怒りや動揺の影響から解放され、より客観的で公正な決断を下すことができたのである。

武士は常に正義を貫き、冷静に物事を判断する。戦いの最中に人を殺すことはあっても、彼らの行動規範に従って罪のない人々の邪魔をすることはない。

沈黙は、武士が鋭い観察者となり、注意深い聞き手になることを可能にした。余計な言葉を慎むことで、周囲を鋭く観察し、相手を研究し、貴重な情報を集めることができた。このような意識の高まりによって、彼らは状況をよりよく判断し、相手の動機を理解し、情報に基づいた判断を下すことができた。

三猿

三猿は、「見ざる、聞かざる、言わざる」ということわざを体現した、日本の絵画的な格言である。侍は武士道規範の保持者として、三猿が象徴する原則と一致する特定の理想を共有していた。具体的なつながりは推測の域を出ないかもしれないが、サムライと三猿の潜在的な関係を探ることで、彼らが共有した価値観に光を当てることができるだろう。

悪を見ず、目を覆うミザル

武士は道徳的な高潔さと正義を守ることが期待されていた。彼らは純粋な感覚を維持し、不道徳な行為に関与したり、支持したりしないように努めた。武士の性格のこの側面は、"悪を見ない"という原則に似ていると見ることができる。不正な行為や不名誉な行為に参加しないことを意識的に選択することで、武士は正義を守り、自らの道徳的地位を維持することを目指した。

耳を塞ぐ悪を聞かぬキカザル

武士は真実、誠実さ、名誉ある行動を重要視した。ゴシップ、虚偽、誹謗中傷を避け、慎重な言動が求められた。この誠実なコミュニケーションへのコミットメントは、"聞くは一時の恥 "の原則と一致する。有害な噂に関与したり広めたりすることを控えることで、武士は信頼と公正の環境を育てることを目指した。

口をふさぎ悪口を言わない岩垂

武士は厳格な行動規範に縛られ、規律正しい行動と自己統制の重要性を強調していた。特に争いや緊張の場面では、行動や言葉を慎むことが求められた。この自己規律と有害な言葉を避けることは、"悪を語らず "という原則を思い起こさせる。慎重に言葉を選び、不誠実な言動や悪意に満ちた言動を慎むことで、武士は調和を保ち、正義を推進することを目指した。

沈黙の誓い

意志力を高めるために、仏教僧が好んで用いる戦略は「沈黙の誓い」である。多くの仏教僧は、心を静め、思慮深い言葉を実践する方法として沈黙の誓いを立てる。この "高貴な沈黙 "には、1 日に数時間、あるいはそれ以上の時間、会話もせず、書き物もせず、読書もせず、瞑想することが含まれる。さまざまな修道会の修道士は、しばしば夜の祈りと朝の祈りの間に話すことを控える。沈黙の誓いは、心身の充電に役立つ魂のデトックスのようなものだ。

武士たちは、瞑想や内観を通じて内なる静寂を養うことを信条としていた。彼らは明晰さ、集中力、意識の高さを得るために、心を静め、内なる思考を静めることの重要性を認識していた。この内なる静寂によって、彼らは中心を保ち、落ち着き、感情をコントロールすることができた。

日本の沈黙の概念

日本では、静かであること、落ち着いていることは、武士の時代から続く美徳とされている。日本文化では、沈黙は敬意の表れであり、伝統的に「真実」と結びついている。禅宗によれば、悟りは沈黙によってのみ到達でき、教えは沈黙の瞑想と思索によってのみ理解できる。沈黙の思想は日本文化に深く根付いている。

- キジ・モ・ノカズバ・ウタレマイ。(沈黙は人の安全を守る。)
- ものえばくちびるさむしあきのかぜ。(多くのことは言わないほうがいい。)

沈黙の誓いの効用

沈黙の力を借りれば、脳の曇りを取り除くことができる。沈黙の誓い」の主な効果をいくつか見てみよう。

- 自分の内なる声に耳を傾けることができる
- 集中力を高める
- 精神的な明晰さを高める
- より意識的になり、自分を大切にするようになる。
- 自己意識を高める
- 自分への思いやり
- エネルギーを身体から節約できる。
- 自己反省に役立つ。
- 落ち着き、リラックス、心の平穏。

仏陀と花の説法

禅宗の経典にある、沈黙の力についての有名な話を見てみよう。ブッダは弟子たち全員を静かな場所に連れて行き、教えを待った。ブッダは泥の中に手を入れ、蓮の花を引き上げた。ブッダはその蓮の花を一人一人に静かに見せた。弟子たちは、その花の意味、象徴するもの、そしてブッダの教えの中でどのように位置づけられているのかを理解しようと最善を尽くした。ブッダが弟子のマハーカシャパのところに来た時、弟子は突然理解した。彼は微笑み、笑い始めた。ブッダは蓮をマハーカシャパに渡し、話し始めた。「ブッダは微笑みながら、「言えることはあなたに言った。マハーカーシャパはその日からブッダの後継者となった。

禅宗ではこの物語を、沈黙と「心と心の伝達」の力を説明する

ために用いる。それは沈黙の力によってのみ達成できる。仏教のすべての宗派は、悟りを得るための道具として瞑想の重要性を強調し、内なる平和が得られるのは次のような場合だけだと教えている。

静寂によって達成される。静寂の力によって、人は自分自身の中にある真実を発見し、自分自身の人格と世界における役割を理解し、無限の知恵と神聖な気づきを得ることができる。

禅と自己正義

禅は、今この瞬間の気づきを養うことで、自分の思考、感情、行動に同調するようになり、深い自己認識を促します。この自己認識の高まりによって、自己批判的な思考、有害な習慣、役に立たない行動パターンなど、自分自身の中にある不正や不均衡に気づくことができる。

禅では、判断を下さない観察の実践が強調される。これは、私たちの思考、感情、経験を、良いとか悪いとかレッテルを貼らずに観察することを意味します。自己正義に関して言えば、非審判的観察によって、自己非難や自己欺瞞をすることなく、自分の内なる風景を客観的に調べることができる。罪悪感や自責の念にとらわれることなく、注意や変化が必要な部分を認めることができる。

禅は、真実と信憑性に沿って生きることを奨励しています。これには、自分の価値観、願望、ニーズについて自分自身に正直になることが含まれる。自己正当化とは、本当の自分に従って生き、自分の価値観を尊重し、自分の深い願望に沿った人生を追求することです。禅の修行は、私たちが自己欺瞞の層を取り除き、誠実さと真実を持って生きることを助けてくれます。

現世の正義

私たちのような真のサムライ戦士は、日々の生活の中で自分自身に正義を与える必要がある。私たちは良い生活を送るために懸命に働いているのであり、だからといって、自分自身を大切にせずに働きすぎて身体に不義理をしていいということにはならない。常に自分の身体と心の言語の症状に耳を傾けてください。誰もが、身体、心、魂のセルフケアをすることで、厳格な行動規範を持たなければならない。

逸脱から離れた冷静な自分を見つけることができる。人生の本当の第一歩は、自分の人生の歩みを理解することだ。大きな音の中では、美しい歌は聞こえない。それと同じように、自分の心の中にある考えや内なる声が聞こえないのだ。可能な限り休養を与えることで、心身ともに超高速充電器のようになるのだ。私たちはいつも、感情で一杯のときに間違った決断をしがちだ。

沈黙の誓いは、内観によって内なる考えを分析することで、何が正しくて何が間違っているのかを判断する助けとなる。そうすることで、日々の生活で本当に悩んでいることを見分けることができる。健康は私たちの最大の財産である。

沈黙は、自分自身と対話し、自分の考え方の力を実感できる強力な武器である。私たちは人生の次の瞬間に何が起こるかわからない。どんな状況にも対応できる武士の心構えを持つことが大切だ。武士が冷静であれば、敵の次の一手が容易に理解できるからだ。私たちが自分自身の旅のために戦っているとき、沈黙の誓いは常に私たちの旅における次の一手を見つける助けとなる。

侍のように、内なる戦いから身を守り、ストレス、不安、ネガティブなどの敵を殺すのだ。沈黙を守るには自分なりの覚悟が必要で、そうすることで道徳的な人格を保つことができる。沈黙の誓いは 1 時間でも、半日でも、1 日でも続けることができ、私たちの全身の健康を向上させるのに役立ちます。

勇気（優）

「勇気とは恐怖心がないことではなく、恐怖心よりも大切なものがあると判断することである。

恐怖よりも他の何かが重要であるという判断である。

-アンブローズ・レッドムーン

最も恐れていることは何ですか？

- 失敗を恐れていますか？
- 他人の意見を恐れることがありますか？
- 恐れのために何かを延期しましたか？
- 新しい変化を恐れていますか？
- 人間関係の問題について恐れを抱いていますか？
- 人前で話すのが怖いですか？
- キャリアアップについていつも考えていますか？
- 家族の将来について考えていますか？
- 経済的成長を恐れていますか？
- 次の行動のためにリスクを取ることを恐れていますか？
- 健康について心配していましたか？
- 死に対する恐れはありますか？

深呼吸をして、質問に答えてください。誰にでも、次のステップに進むことを妨げる何らかの恐れがあるからだ。恐れによって、私たちの身体には強い変化が起こる。コルチゾールやアドレナリンといったストレスホルモンが分泌される。血圧と心拍数が上昇し、呼吸が速くなる。血液も心臓から手足に流れ込み、パンチを繰り出したり、命からがら走ったりしやすくなる。身体は闘うか逃げるかの状況に備えているのだ。サムライたちがどのように恐怖を克服し、勇気に変えたのかを見てみよう。

勇気(優)

勇気は、武士が守る本質的な美徳のひとつとみなされていた。勇気は武士道規範の中で中心的な位置を占め、尊敬される武士たちの考え方や行動を形成していた。戦場での勇気は、サムライの決定的な特徴のひとつであった。

武士は絶え間ない鍛錬を重ね、武術の腕を磨き、手強い戦士となった。危険に直面したとき、彼らは揺るぎない勇気を示し、恐れずに戦いに突入した。

戦いにおける恐れのなさは、個人的な武勇だけでなく、主君や藩、仕える人々を守り、幸福にするためでもあった。これらの義務を果たすためには、困難に立ち向かい、困難な決断を下し、障害を克服する計り知れない勇気が必要だった。彼らは自分の行動が大きな重みを持ち、その勇気が配下の人々の生活に直接影響を与えることを理解していた。

武士道における勇気は、肉体的な勇敢さにとどまらない。武士道には道徳的な勇気も含まれ、武士は高潔さと倫理基準を守ることが求められた。彼らは名誉、忠誠、正義の厳格な規範を守ることが期待された。これは、たとえ逆境に直面したり、困難な選択を迫られたとしても、正しいことのために立ち上がることを意味していた。道徳的な勇気は、個人的な結果にかかわらず、真実と正義への揺るぎないコミットメントを要求します。武士はこうした原則に忠実であったからこそ、勇気の典型を体現することができたのである。

武士道

武士は「勇気」を美徳とし、正義の道を歩む。武士は勇気と勇気の 2 つを信条とし、それが正しいと信じて怯むことなく戦うからだ。サムライは、名誉、恐れを知らない、冷静、果断な行動、戦略的思考、武勇を連想させる。サムライは最後まで戦い、何も恐れない。

勇気とは、恐れないことではない。恐れていても行動を起こすということだ。侍には、混乱した状況や危険な状況でも、冷静さと落ち着きを保つことが求められた。この内なる強さと感情のコントロールが勇気の証とされた。プレッシャーの中で明晰に行動し、的確な判断を下す能力は、武士の勇気と自己規律を示すものだった。

武士は厳しい訓練に耐え、忍耐強く逆境に立ち向かった。困難や挫折を乗り越えようとするこの決意は、勇気の体現と見なされた。

瞑想は、武士が熟練した戦士として、またより高潔な個人としてのスーパーパワーを得るのに役立つ。瞑想は心を解き放ち、相手を打ち負かすことを容易にした。武士たちは毎日、死を前にして瞑想し、恐れずに戦えるようにした。

瞑想で侍の強さを手に入れる

瞑想は、感情を抑え、適応力を高めるために心を鍛える最も直接的な方法のひとつである。瞑想は、心の働きを理解し、自分自身のエゴや性格に内在する弱点を克服する訓練によって、より悟りを開いた効果的な人間になる方法を教えてくれる。武士は感情の訓練として瞑想を行い、その能力を高めている。感情を安定させることで 感情を安定させることで、侍はストレスの多い状況や危険な状況でも冷静さを保ち、果断に行動する勇気を養う。それは基本的に、意識とマインドフルネスを向上させることである。武士は禅定、密教瞑想などに従った。

禅定

サムライ禅瞑想は「座禅」瞑想としても知られ、思考、恐れ、エゴから解き放たれ、内なる平和を見出す方法を提供する。日本の禅では、「水のように穏やかな心」を意味する「水の心」という言葉がよく使われるが、これは永遠の道を反映した穏やかな精神状態を表す言葉である。禅で訓練された武士にとって、死はほとんど関係ない。勝利も敗北も同じコインの表裏である。仲間も敵も同等と考える。禅の姿勢を保つことが最も重要な成果である。

呼吸に集中し、今この瞬間に集中する。通常、ただ座って心を解き放ち、思考、アイデア、イメージ、言葉にとらわれることなく、それらを通過させることによって実践される。思考や感情にとらわれることなく、それを観察することを武士に奨励している。執着や嫌悪から切り離すことで、自己の成長を妨げる恐れや執着を手放す勇気が養われる。

密教瞑想

密教瞑想では、マントラと瞑想を使って体内の滞りを解消し、エネルギーの流れを促進する。これには特別な手の位置（ムドラ）が含まれる。瞑想中、ある特定の力や能力を開発し、集中するのを助けるために行われる。これは、座って話したり、唱えたり、音節、単語、フレーズを繰り返したりすることで、心をクリアにし、その瞬間に存在するためのツールとして行うことができる。

武士は、決意を固め、死を恐れず立ち向かい、戦士としての精神を養うために、しばしば精神的・哲学的な指導を求めた。密教の儀式と実践に重点を置く密教は、仏教の教えと武士の倫理観のユニークな融合を提供し、一部の武士を魅了した。この修行を通じて、武士は死と向き合う勇気を養い、人生のはかなさを受け入れ、恐れずに義務と運命を受け入れることができた。

瞑想の利点

それぞれの瞑想には、心をクリアにし、潜在能力を最大限に発揮することに集中するための、数え切れないほどの効果があることが証明されている。瞑想のやり方には正解も不正解もなく、どの瞑想法が優れているということもない。ただ、自分に合った瞑想法を見つけ、その瞑想法とのつながりを深めていけばいいのだ。瞑想の利点のいくつかを見てみよう。

- 情動のバランス、忍耐力、集中力を高める。
- マインドフルネスを高める。
- 自己愛と自己受容を促進する。
- ポジティブシンキングに取り組む
- 今この瞬間を生きることを助ける
- 記憶力と創造力を高める
- 人間関係に平和と調和をもたらす
- 内なる強さと回復力を養う。

侍と茶人の物語

むかしむかし、18 世紀の日本に一人の貴族が住んでいた。彼は茶の湯の師匠とともに江戸を訪れようとした。茶人は茶道のことは何でも知っていたが、服装は武士のようだった。

ある日、茶人は一人の侍に決闘を申し込まれた。侍は言った。「もしお前が威厳をもって死ねば、先祖に名誉をもたらすだろう。そして犬のように死ねば、少なくとも武士の位を侮辱することはなくなる！"と。

茶人は剣術の達人ではないが、この挑戦を断ることは一族と山内公の名誉を傷つけることになる。彼は死を覚悟で挑戦を受け、翌日の決闘を侍に依頼した。その願いはかなえられた。

彼は立ち上がり、一人で山内公の宮廷に戻った。そこで彼は、剣術の達人である同格の剣術の達人を見つけた。

彼は剣術の達人に自分の物語を説明し、武士のような死に方を教えてくれるよう頼んだ。しかし、剣術の師範は利口な男で、茶道の師範を尊敬していたので、こう言った。"必要なことはすべてお教えしますが、まず、最後にもう一度、私のために茶の湯を披露してください"。

茶人はこの頼みを断れなかった。茶道を行っているうちに、彼の顔から恐怖の跡が消えていった。彼はシンプルだが美しいカップとポット、そして繊細な茶葉の香りに集中していた。彼の心には不安が入り込む余地はなかった。彼の思考は儀式に集中していた。

茶人は儀式を進め、儀式が終わると、剣術の師範は興奮した様子でこう叫んだ！今の心構えで、どんな侍にも立ち向かうことができる。挑戦者に会ったら、客人にお茶を出すところを想像しなさい。礼儀正しく敬礼し、もっと早く会えなかったことを後悔し、先ほどのようにコートを脱いで畳む。頭には絹のスカーフを巻き、お茶を点てるときの服装と同じように平静を装う。剣を抜き、頭上高く構える。それから目を閉じ、戦闘の準備をしなさい」。

茶人は先生の言うとおりにすることに同意した。翌日、彼は侍に会いに行った。侍は、コートを脱いだ相手の表情がまったく落ち着いていて威厳があることに気づかずにはいられなかったし、戦闘の準備をする茶人の心の落ち着きにも驚いた。侍は、このおぼつかない茶人が実は腕の立つ剣士に違いないと思った。武士は、この茶人は剣の腕が立つに違いないと思った。

武士は自分の振る舞いを赦し、無礼な振る舞いを弁解して戦闘の場を去った。もし私たちの心が果てしない不安で満たされているとしたら、状況が多くの問題で私たちを脅かすたびに、想

像が私たちの心を支配する傾向がある。集中した心には、不安や恐れ、過剰な想像が入り込む余地はなく、問題に立ち向かう勇気に取って代わられる。

禅と自己の勇気

禅では、「今、ここ」に完全に存在する練習を重視する。マインドフルネスを養うことで、私たちは将来への不安や過去への後悔にとらわれることなく、恐怖に直接向き合う能力を身につけることができる。この恐れのない存在によって、私たちはより明晰に、より勇気をもって、そしてより回復力をもって困難に立ち向かうことができるようになる。

禅は、マインドフルネスと好奇心をもって、恐れやその他の困難な感情を調査するよう修行者に勧める。恐怖を避けたり抑圧したりするのではなく、恐怖に向かい、その身体感覚や根底にある思考を観察することを禅は勧めている。このマインドフルな探求を通して、私たちは恐怖に対する理解を深め、恐怖が当初思われたほど強固なものでも、圧倒的なものでもないことを発見する。この洞察は、恐怖と直接向き合う勇気を育む。

瞑想やマインドフルネスを含む定期的な禅の修行は、内なる強さと回復力を養う。運動が身体を鍛えるように、禅の修行は心を鍛え、集中力、平常心、忍耐力といった資質を養う。この内なる強さは、自分を勇気づける土台となり、より安定し、明晰で、決断力を持って困難に立ち向かうことを可能にする。

現世代への勇気

逆境に立ち向かった侍の揺るぎない勇気は、現在の世代に奮起を促すことができる。

たくましさと決意をもって立ち向かう勇気を与えてくれる。個人的な障害であれ、仕事上の挫折であれ、社会的な不正義であれ、サムライの勇気を参考にすることで、逆境に正面から立ち向かい、前向きな変化を目指す力を得ることができる。

恐怖はしばしば個人の成長を妨げ、願望の追求を妨げる。侍の戦いにおける恐れ知らずの姿勢や、死を受け入れることは、恐怖を人生の自然な一部として受け入れ、その限界を超えることを思い起こさせるものである。恐れに立ち向かい、計算されたリスクを取る勇気を持つことは、個人の成長と成功につながる。

武士が自制心と冷静さを重視したことは、現在の世代にマインドフルネスと内なる強さを身につけるよう促すことができる。ペースの速い現代社会では、勇気は感情的知性を養い、ストレスを管理し、冷静で中心的な考え方を維持することにある。マインドフルネスを実践することで、意思決定能力を高め、全体的な幸福を促進することができる。

恐怖は重要であり、私たちを危険から守ってくれる。変化や新しい経験に直面しているとき、身体と脳が戦っているように感じることがある。

また、予期せぬ状況の中で、自分自身の力で問題に立ち向かわなければならないこともある。恐怖は私たちを逃げ出したくさせることもあるが、特定の方向に向かわせることもある。恐怖の中で仕事をしていると、はっきりと考えることは難しい。私たちの場合、私たち自身が敵であり、日々の生活で多くの恐怖に直面してきた。

サムライのように瞑想し、内なる悪魔を滅ぼしましょう。また、自分自身の中にあるバランス感覚と調和を養い、冷静でクリアな心を育み、目標達成に向けた一歩を踏み出す。逆境に立ち向かう勇気を持ち、価値観のために立ち上がり、恐れを克服し、規律を養い、誠実に指導し、マインドフルネスを取り入れることで、個人はサムライの遺産を活用し、複雑な現代社会を生き抜くために必要な勇気を見つけ、自分自身と他者にポジティブな影響を与えることができる。

コンパッション(仁)

セルフ・コンパッションとは、他人に与えるのと同じ優しさを自分にも与えることである。

他者に与えるのと同じ優しさを自分に与えることである。

-クリストファー・ジャーマー

自分を温かく迎えてくれる？

- あなたは毎日、自分自身をどのように扱っていますか？
- 丁寧に、やさしく自分に語りかけていますか？
- 私の最大の資質は何ですか？
- 今日の私の気分は？
- 今の私に必要なものは？
- 不機嫌なとき、私はどうやって自分を支えるだろう？
- どの曲をもっとよく聴きたいか。
- 私が実際に楽しんでいる活動はどれだろう？
- 自分との時間をどのように過ごすか。
- 私の好きな食べ物はどれ？
- 人生でもっと喜びや落ち着きを感じるために、私が取り入れられる新しい習慣は何だろう？
- 今日からできる小さな方法は？
- 最近の失敗から私が学べる教訓は何ですか？
- 一人でドライブ旅行をして自然とつながりましたか？

私たちはいつも他人に親切にしているが、ストレスや苦痛、困難があるときに慰めや配慮を与えることができない。現代社会は、私たちが完璧であることを求め、常に成功することを望んでいる。私たちは時に失敗に直面し、その結果、自責の念や、おかしい、ばかばかしい、無意味だ、嫌だ、怒りといった感情を抱き、自分に厳しくなる。その結果、将来目標を達成することができなくなる。多くの人が失敗を許そうとしないのは、社会や家族、友人の前では完璧でなければならないからであり、成功を収めて初めて、愛や受容、尊敬に値すると感じるのかもしれない。では、侍が日常生活でどのように思いやりを使っていたかを見てみよう。

コンパッション(仁)

武士道における「思いやり」とは、日本の伝統文化における武士の行動を導く不可欠な美徳であり原則であり、共感、博愛、生命尊重に根ざしている。

博愛は彼らの思いやりのある行動の礎となった。彼らは、仲間や上司だけでなく、社会の弱者、恵まれない人々、疎外された人々に対しても、優しさ、善意、無私の心を示すことを約束した。

武士道における思いやりには、慈悲の美徳や感情的な認識も含まれていた。武士としての役割にもかかわらず、武士は戦場で慈悲を示すことを奨励された。この慈悲は弱さの表れではなく、武士の道徳的な強さと暴力や復讐の上に立つ能力の証であった。

武士の情け

サムライはその武勇と戦闘技術で知られていたが、同時に思いやりと共感の原則にも深く根ざしていた。彼らは肉体的、精神的苦痛に耐え、目標に集中し続けることができる獰猛な戦士になるよう訓練された。

サムライたちは、戦いの最中であっても、出会う人々に対して思いやりと共感を持つように訓練されていた。敵対する者には慈悲と敬意を示し、敵には威厳と名誉をもって接することが求められた。実際、暴力ではなく、交渉によって紛争を解決する能力で知られるサムライもいた。

武士はまた、弱者に対する思いやりを示すことも期待された。罪のない人々を守り、自らを守ることのできない人々を守ることが期待された。多くの武士は慈善活動に深く関わり、地域の人々の生活向上に努めた。

武士はまた、茶の文化や、抹茶を点てたり出したりする茶道にも特別な関心を持っていた。茶道は、心構えと内なる静けさを養う方法とされ、集中力を高める方法として武士がしばしば実践していた。

ティー・セレモニー

茶の湯や佐渡とも呼ばれる茶道は、正式な場で客人に茶を点て、もてなす日本の伝統的な作法である。茶道は何世紀にもわたって日本文化の重要な一部であり、調和、尊敬、純潔、静寂の原則を反映した芸術の一形態とみなされている。

茶道は通常、茶室または茶室と呼ばれる小さくて簡素な部屋で行われる。茶道は通常、茶人（ちゃじん）と呼ばれる訓練を受けた修行者によって行われ、茶人は特定の方法で茶を点て、儀式的な方法で客に振る舞う。

茶道では、茶道具の準備、湯の沸かし方、抹茶の泡立て方、客への茶碗の差し出し方など、茶を点て、出すまでに多くの工程がある。各ステップは、美しさ、優雅さ、調和の感覚を生み出すために注意深く振り付けされている。

ティー・メディテーション

茶の湯は、禅僧・千利休に大きな影響を受けたことから、禅の瞑想と切っても切れない関係にある。千利休は「一期一会」を重視した。つまり、「今この瞬間は一瞬であり、二度とない」という意味である。このことを念頭に置くことで、私たちはほとんどの経験の美しさと無常さを理解することができる。

茶道はしばしば瞑想の一種と見なされる。参加者が今この瞬間に意識を集中し、儀式の美しさに感謝するように促すからだ。また、茶道は他者との交流の場でもあり、参加者は会話を交わし、自分の考えや感情を分かち合う。自分の動き、考え、感じ方に意識を向ける。それを認め、手放す。一瞬一瞬は儚い。明日、同じ手順で同じお茶を淹れ直しても、決して同じにはなりません。紅茶を飲んでいるこの瞬間を、たった一度きりのものだと感謝してください。

お茶を楽しんでいる間、気になることや日中に気をつけなければならないことを考えないように、心をクリアにすることが大切だ。自分自身とお茶のためだけに時間を捧げ、この瞬間は他のことはどうでもいいのだ。今日でも茶道は日本で広く行われており、日本の文化や伝統を理解する方法として、世界の他の地域でも人気を博している。

茶瞑想の手順

茶室や茶室に入る間、その主な目的は、お茶を楽しみ、亭主と客の絆を深めることである。茶室に入る間、客は外の考えをすべて捨て去ります。日本の茶道では、緑茶として知られる煎茶を中心としたリーフティーを使用する。

亭主がお茶を点てるときは、心をこめて点てる。お茶を楽しみながら心を澄ませることはとても大切です。自分自身とお茶のためだけに時間を捧げ、この瞬間は他のことはどうでもいいのです。

お茶を楽しむスペースを見つける。どのような空間でも構いませんが、お茶を楽しむための空間を確保することが大切です。多くの人は、毎回同じ場所でお茶の瞑想をすることを好みますが、それは時間が経つにつれて、瞑想のエネルギーで豊かになっていくからです。時間をかけてお茶に感謝し、お茶とつながってみてください。今こうして紅茶を楽しんでいる自分がいることに感謝し、自分の努力に感謝するのです。

紅茶瞑想の利点

茶の瞑想は何世紀にもわたって実践されてきたもので、私たちの健康に多くの恩恵をもたらしてくれる。武士は戦場から戻るたびに、心の平穏を求めて茶の湯の稽古をした。また、彼らの多くは自分の力を誇示するために、高級で貴重な茶器を集めることに執着した。これらの利点のいくつかは次のとおりである
：

- ストレスを軽減する
- 適切な水分補給を助ける。

- 集中力を高める。
- 前向きな姿勢を保つ。
- 感謝を実践することで幸福をもたらす
- 今この瞬間を楽しみ、生きる
- 友人や家族に対してより深いつながりをもたらす。
- セルフ・コンパッションを促進する

侍と慈悲の僧

昔々、八幡という侍が戦いで負傷した。傷はひどく、戦い続けることはできなかった。恥ずかしく、役に立たないと思った八幡は、引きこもり、落ち込んでいた。

ある日、賢い僧が八幡を訪ねてきた。僧侶は八幡が苦しんでいるのを見て、自己慈悲を実践するよう勧めた。僧侶は、自己慈愛とは、優しさ、理解、許しをもって自分に接する修行であると説明した。

最初、八幡は疑っていた。彼はいつもタフであること、痛みを押し通すことを教えられてきた。しかし僧侶は、自己慈愛は弱さの表れではなく、むしろ強さの表れであると八幡を励ました。

やがて八幡は自己慈愛を実践するようになった。彼は自分を休ませ、癒すことを許し、優しさと理解を持って自分に接した。怪我をした自分を許し、回復には時間が必要だと受け入れた。

八幡がセルフ・コンパッションを実践するにつれ、心身ともに調子が良くなっていった。傷は癒え、彼の精神は高揚した。八幡は、自分が自分自身に厳しすぎたこと、そして他人に示すのと同じ優しさと思いやりをもって自分に接する必要があることに気づいた。

その日以来、八幡は自己慈愛の提唱者となった。彼は仲間の侍たちに、自分をいたわり、優しさと理解を持って接するよう勧めた。八幡は、真の強さとは身体的な強さだけでなく、自分自

身に思いやりを示し、自分だけでなく他人をも思いやることができる能力であることに気づいたのである。

禅と自己慈愛

セルフ・コンパッションを実践することで、苦境や失敗に直面しても成長マインドを維持することができる。自分自身の失敗は、困難で困難な時期における強さと意味の源となり、忍耐力によって這い上がる理由を与えてくれる。

自分を責める代わりに、自己憐憫を実践すべきである。失敗をもっと許し、失望や困惑のときでも自分を大切にする努力をすることだ。

セルフ・コンパッションとは、判断や自己批判を手放し、代わりに親しい友人にするような思いやりと理解を自分に与えることでもある。この練習をすることで、自分自身や自分の不完全さを受け入れられるようになり、感情的な回復力や幸福感を高めることができる。

人生の試練に直面しても、冷静でバランスの取れた状態を維持できる能力を養うことを目的としている。セルフ・コンパッションを培うことで、自分の苦しみに優しさと温かさで接することができるようになり、内面的な安定感と回復力を育むことができる。

現世代への思いやり

現在の世代に対する思いやりは、私たちの日常生活に欠かせないものです。私たちは、武士道の原則に沿って、より大きな幸福感、自己成長、回復力を培うことができる。

武士は自己を慈しむことを、個人の成長と発達の重要な側面として重んじた。優しさと理解を持って自分に接し、過ちや欠点を許すことが重要だと認識していたのだ。現代に生きる私たちは、セルフケアを実践し、ストレスや苦難の時に自分に優しくし、自己憐憫と自己愛の感覚を養うことで、この原則を応用することができる。

セルフトークに気を配り、思いやりと支えになるようにする。過度に自己批判するのではなく、自分の長所や成果を認めながら、自分に優しく接しましょう。自分のポジティブな資質、長所、才能を振り返る。自分をユニークで価値ある存在にしているものを受け入れ、祝福しましょう。自分の最大の資質は、それを見る状況や視点によって変わることを忘れない。

最近の失敗を、成長と学習の機会として振り返る。これらの経験から学べる教訓を特定し、その教訓を今後の状況にどう生かすかを考える。自然と関わることは、自分自身や他者への思いやりを培うための強力な方法となる。自然の中で過ごすことは、活力を取り戻し、安らぎを見いだし、周囲の世界の美しさとつながるのに役立つ。

サムライ文化における思いやりと共感の重要性は、彼らの芸術や文学の多くの側面に表れている。例えば、多くのサムライの詩や物語は、愛、思いやり、優しさをテーマにしている。サムライは映画だけでなく、アニメを含む様々な大衆メディアでも頻繁に英雄として描かれてきた。代表的な例としては、アニメ『サムライ・ジャック』がある。これらの価値観は武士の生き方に不可欠なものであり、今日の日本文化においても称賛され続けている。

シンプルな茶道は、武士が自己慈愛と自己管理の重要性を認識するのに役立った。茶道を稽古することで、人は自分の内面に同調できるようになり、より平静さと思いやりをもって日常生活の困難を乗り越えることができるようになる。この技法は、私たちのような現代を生きる戦士が、自分自身へのプレッシャーを解き放ち、お茶の香りとともに今この瞬間を楽しむ助けとなるに違いない。

リスペクト（レイ）

"おいしく食べることは自分を尊重すること"

- コリーン・クイグリー

自分の健康を認めていますか？

- 私は食事を時間通りに食べるか？
- ジャンクフードとヘルシーフードのどちらを食べますか？
- テレビを見ながら食べるか、モバイルで食べるか。
- 自分を心身ともに大切に扱うという自尊心を持っているか。
- 私はよく食べ、よく眠ることで、自分の体に優しさを示しているか？
- 私はその日、十分な休息をとりましたか？
- 特定の食べ物にアレルギーはありますか？
- 何かダイエットをしていますか？
- 食欲はありますか？
- 食事と一緒に果物や野菜を食べていますか？

私たちは、自分の健康について多くの質問をすることができる。自分自身への最高の贈り物、それは「尊敬」です。自分自身を尊重することは、自分自身について知り、愛と尊敬と気遣いをもって接することができるからです。自分のニーズを管理することは、自分の幸福に不可欠であり、他人をより良くケアするための準備にもなる。あなたの体は一つしかなく、良い時も悪い時もあなたを運んでくれる。自分の体を大切にすることで、自分自身を尊重することができる。

自分自身と自分の体を尊重するとき、食べるものも自分を尊重するプロセスの一部だと考える。食べ物は燃料としてだけでなく、人間の味覚や嗅覚を活用し、幸福感を高めるという人間の楽しみのためにある。五感のうちの 2 つ、味覚と嗅覚が組み合わさって、食べるときに味わうフレーバーやスパイスを構成する。

美味しく食べることは、肉体的にも精神的にも健康かどうかを決める重要な役割を果たす。どのように食べるかは、日々の気分に大きな影響を与え、感情的な幸福感、社会的サポートシステム、ストレスレベル、自尊心に影響を与える。

しかし、侍のような偉大な武士は、任務を遂行するために体力と持久力を維持する必要があったため、全体的な健康とフィットネスの重要な部分である食事に従っていた。武士が自分自身と他人をどのように尊重し、日々のライフスタイルにどのように役立ったかを見てみよう。

リスペクト(玲)

尊敬は人間関係の基本であり、調和のとれた人間関係と社会の結束の礎となるものである。武道と武士文化の領域では、日本古来の倫理的枠組みである武士道規範が尊重される、

日本古来の倫理的枠組みである武士道では、尊敬の価値が非常に重視されている。名誉、忠誠、規律に根ざした武士道は、尊敬を培うべき美徳であり、守るべき義務であるという深い理解を植え付ける。

それは、相手の価値、尊厳、本質的価値の理解に根ざした、相手に対する深い賞賛と尊敬の態度である。武士道における尊敬は、目上や年長者に対する敬愛だけでなく、社会的地位や経歴に関係なく、すべての個人に及ぶものである。

武士道

武士にとって、敬意は単なる礼儀や礼節の問題ではなく、彼らのアイデンティティと生き方の根幹をなすものだった。他人に敬意を示すことで、武士道の価値観を守り、自らの強さと規律

を示すことができると信じていたのだ。

敬意は忠誠や服従とも密接に結びついていた。武士は主君に忠誠を誓い、主君の命令に疑問なく従うことが求められた。そのためには、主君と侍の間に大きな信頼と尊敬が必要であり、侍の側にも個人的な誠実さの深い感覚が必要であった。

上司を敬うだけでなく、侍は仲間の武士、たとえ敵であっても敬意を示すことが期待された。これは、たとえ戦いの最中であっても、礼儀と名誉をもって接することを意味した。敬意は武士文化の礎であり、武士として、社会の一員としてのアイデンティティを形成する上で重要な役割を果たした。

武士と社会の一員としてのアイデンティティを形成する上で重要な役割を果たした。

武士は心身の鍛錬の重要性を理解していた。マインドフル・イーティングを実践することで、食べ物の滋養の質をより深く理解することができ、健康と体力を維持するために食べ物が果たす役割への敬意を育むことができる。

武士の健康生活

武士たちの強靭さは、激しい肉体的・精神的鍛錬によるものだ。彼らの高貴なライフスタイルは、激しい戦いによる傷跡を除けば、健康的な体を維持していた。武士は 1 日 2 食、毎日 8 時間の睡眠をとっていた。特に自然な食事は、サムライの生活において非常に重要な要素だった。健康的な食事は、戦場でよく戦える体を維持するために必要だった。

武士の食事はシンプルだが栄養価が高く、玄米、野菜、味噌汁、魚介類、そしてお茶が中心だった。この食事は、エリート戦士としての役割に不可欠な体力と持久力を維持するのに役立った。食生活をできるだけ質素にすることは、健康を維持するための重要な要素のひとつである。

武士は常に栄養のために食事をし、決して味のために食事をしたわけではない。武士には、その社会的地位と文化的信条を反映した独特の食習慣があった。武士階級の一員として、サムライは食事と食事のマナーに関するルールに従うことが期待されていた。

彼らは米、野菜、魚介類を中心とした菜食主義的な食生活を送ることが期待されていた。

武士はまた、料理の盛り付けと調理を非常に重要視した。食事は儀礼的な方法で提供され、美的なプレゼンテーションと高級食器の使用が重視された。さらに、武士は新鮮で質の高い食材を使うことを重んじ、庭で野菜や果物を自家栽培することも多かった。

こうした個人的な美徳に加え、武士は自然界や精神的な領域を尊重することの重要性も信じていた。武士は自分自身を大きな宇宙の秩序の一部と考え、この秩序のあらゆる側面を尊重することで、調和とバランスのとれた生活を実現できると信じていたのだ。

武士の食習慣は、彼らの社会的地位と文化的信条を反映し、自制心、美的プレゼンテーション、新鮮で良質な食材へのこだわりを強調していた。その食習慣と実践を通して、武士は内面的な調和とマインドフルネスの感覚を養おうとした。

禅に続く食の瞑想

　食べ物を食べることは、禅の瞑想の一種として実践することができる。この実践は「マインドフル・イーティング」として知られ、食べ物の味、食感、香りなど、食べることの感覚的な体験に細心の注意を払うことになる。

食習慣は禅の修行において重要な部分であり、人の肉体的、精神的、霊的な幸福に影響を与える可能性があるからだ。禅では、心を込めて、感謝の気持ちを持って食べることに重点を置く。これは、食べることに感謝し、食事中の瞬間に完全に存在するために時間を取ることを意味します。禅の修行者たちは、心を集中させ、内なる平穏の感覚を促すために、しばしば沈黙の中で食事をする。

禅の食事はシンプルで、自然で全体的な食品を重視する。野菜、果物、穀物、豆類、ナッツ類はすべて、健康と幸福を促進する栄養価の高い食品と考えられている。加工食品、精製された砂糖、人工的な食材は心身に害を及ぼすと考えられているため、一般的に避けられる。

禅はまた、食事の節度も重視する。禅の修行者たちは、大勢で豪勢な食事にふけるのではなく、空腹を満たし、体に栄養を与えるのに十分な量を食べることを目指す。そのため、食べ過ぎによる身体の不調や不安感を防ぐことができる。

こうした食習慣に加え、禅では食に関して感謝と寛容の実践も奨励している。禅の修行者は、自分が食べるものを作るために費やされた努力や資源に感謝し、思いやりと優しさを促進する方法として、食べ物を他の人と分かち合うことを奨励される。

禅の主な目的は、食べ物をできるだけゆっくり食べ、一口一口を味わい、一口ごとに深呼吸をすることである。禅の食習慣とは、食べることに対するマインドフルネスと感謝の感覚を養うことである。自然で栄養価の高い食品を選び、適量を食べることで、禅の実践者は身体の健康、精神の明晰さ、精神的な幸福を促進することができる。

食の瞑想と侍

食べるという行為は日常生活の重要な側面と見なされ、武士の文化では儀式や儀礼が伴うことが多かった。食事は内省、会話、仲間意識の時間であり、肉体的、精神的な強さを培う機会と考えられていた。

武士にとって食事は、いくつかの点で瞑想の一形態とみなすことができる。第一に、武士はマインドフルネスを重視し、その瞬間に完全に存在することを大切にしていた。食事の準備や摂取の際、彼らは目の前の作業に注意を集中し、五感をフルに働かせた。このマインドフルネスと現在に存在するという行為は、一種の瞑想とみなすことができる。

第二に、武士は栄養の重要性と、それが肉体的・精神的な幸福に与える影響を強く認識していた。彼らは、食べ物は単なる栄養源ではなく、身体を癒し、栄養を与える薬の一種であると信じていた。そのため、栄養価が高く、健康に役立つ食べ物を選び、調理することに細心の注意を払っていた。何を食べ、それが身体にどのような影響を与えるかを意識するこの行為は、瞑想の一形態と見ることもできる。

最後に、武士は食を自然とつながり、その美しさに感謝する手段とも考えていた。彼らは、食べ物は大地からの贈り物であり、尊重し大切にすべきものだと信じていた。そのため、季節の食材や自然の味を食事に取り入れたり、調理した料理の色や食感、香りをじっくり味わったりした。自然とつながり、その美しさに感謝するこの行為は、瞑想の一形態と見ることもできる。

食は武士にとって瞑想の一形態と見なすことができる。なぜなら、食は武士が心に余裕を持ち、現在に存在することを可能にし、心身に栄養を与え、自然とつながり、その美しさに感謝することを助けるからである。

それは、今この瞬間に存在すること、食べるという感覚的な経験に注意を払うこと、そして身体に栄養を与えるという単純な喜びに感謝することの重要性を強調している。

禅師と青年

かつて、その知恵と教えを高く評価されていた禅師がいた。師匠、あなたは偉大な先生だと聞いています。師匠、あなたは偉大な先生だと聞いています。

禅師は青年を見て言った。「尊敬とは、力や操作によって得られるものではない。尊敬はあなたの行動と人格によって得るものです」。

若者は混乱し、老師に説明を求めた。禅師は若者を近くの庭に連れて行き、美しいバラの木を見せた。禅師は若者に、その茂みから花を一輪摘み取るように頼んだ。若者は言われたとおりに最も美しい花を摘んだ。

禅師はその花を茂みに戻すように言った。若者は困惑し、「せっかく花を摘んだのに、なぜ戻さなければならないのか」と尋ねた。禅師はこう答えた。一度摘んでしまうと、その美しさも価値も失われてしまう。しかし、茂みに残しておくと、成長し、咲き続け、人々はその美しさと強さを尊敬するのです」。

若者は禅師の言葉の中にある知恵に気づき、尊敬は行動と人格によって得られるものだと理解した。そして、すべての生きとし生けるものに対する尊敬の念を新たにし、禅師のもとを後にした。

この禅の話は、私たちが自分の健康を花のように尊重すべきことを物語っている。常に健康であることは、茂みに咲く花に似ていて、私たちを開花させてくれるが、もし私たちが自分の体

に敬意を示さなければ、その価値は失われてしまう。この言葉は、私たちが優しさと思いやりをもって自分自身に接しなければならないことを思い出させてくれる。謙虚さや感謝といった内面的な資質を養うことで、自分自身や周囲の世界を尊重することができるのだ。

禅と自尊心

自尊心の実践は、自己批判や自己非難をすることなく、ありのままの自分を受け入れることの大切さを教えている。自己受容を受け入れることで、個人は自尊心を育むことができ、人間としての固有の価値と価値を認めることができる。この受容は、外的な成果や条件に基づくものではなく、自分の本質を認識することから生まれる。

瞑想やマインドフルネス、自己内省などの実践に取り組むことで、自分の内なるニーズとつながり、自分を育てるための積極的な一歩を踏み出すことができる。マインドフルなセルフケアに取り組むことで、身体的、精神的、感情的な健康に気を配り、自尊心を示すことができる。

今この瞬間を受け入れ、ありのままの自分を受け入れることで、外的な比較や判断に左右されない自尊心を育むことができる。これにより、自分自身の旅路や独自の道をより深く理解することができる。

現世代尊重

尊敬の念は武士の行動規範の重要な部分であり、現代においても重要な資質である。食に対するアプローチに敬意の原則を適用することで、食べることとの健康的な関係を育み、全体的な幸福を高めることができる。

規則正しい食事スケジュールを立て、食事に優先順位をつける。慌てたり食事を抜いたりせず、栄養補給のための専用の時間を確保できるよう、1 日の計画を立てましょう。ジャンクフードよりも、栄養価の高い完全食品を優先し、心を込めた選択をするよう努める。食べ物の選択が心身の健康に与える影響を考慮し、果物、野菜、赤身のタンパク質、全粒穀物を含むバランスのとれた食事を選ぶ。

テレビを見たり携帯電話を使ったりするなど、気が散らないように食事をする。食べるという行為に全神経を集中し、一口一口を味わい、風味や食感を意識する。そうすることで、食事とのつながりが深まり、食事の楽しみが増します。

自己尊重を実践することで、心身ともに自分を大切にしましょう。これには、境界線を設定すること、セルフケア活動を優先すること、全体的な幸福を育むことが含まれます。喜びを感じる活動に参加し、自己を慈しみ、自己の成長を求めましょう。

健康的な食べ物で栄養を補給し、十分な休息を与えることで、自分の体に優しさを示しましょう。心身の健康をサポートするために、十分な安眠をとることを優先しましょう。必要な休息を確保するために、一貫した睡眠習慣を確立し、リラックスできる環境を整え、良い睡眠衛生習慣を実践しましょう。

様々な野菜や果物を含むバランスのとれた食事を心がける。必須ビタミン、ミネラル、食物繊維の供給源として食事に取り入れましょう。様々な食品グループを表すカラフルな皿を目指しましょう。

武士が重んじた敬いの心は、現代人にとっても貴重な教訓となる。武士たちは、自分の体や健康、そして栄養を賢く選択する能力に対する尊敬の念を維持できるよう、食事瞑想を使ってマインドフルな食事を実践していた。マインドフルな食事法を日常生活に取り入れることで、全体的な幸福感を高め、食との関係をより健全なものにし、より大きな感謝とつながりの感覚を養うことができる。

インテグリティ(誠)

「誠実さと共感をもって導くには、ビジョンと、最も深い自己とのつながりが必要だ。

- カーラ・マクラーレン

自分自身に誠実に生きているか？

- 自己誠実さはエクササイズの習慣を守る能力にどのような影響を与えるのか？
- 運動に関して、自己誠実さを維持するための一般的な障害にはどのようなものがあるか？
- 運動目標や日課を、個人の価値観や優先順位に合わせるにはどうしたらよいか。
- 運動の習慣やルーティンに関して、自己認識やマインドフルネスの感覚を養うにはどうしたら よいか？
- 挫折や障害に直面したときでも、やる気を維持し、運動習慣を一貫して続けるためには、どのような戦略をとればよいだろうか。
- 運動習慣において自己改善や達成を望む気持ちと、自己慈愛や受容のバランスをどうとったらよいのか。
- 運動習慣や日課を持続可能なものにし、長期的な健康と幸福を促進するにはどうしたらよいだろうか。
- 自己統合性は、私たちの心身の健康にどのような影響を与えるのか？
- 状況の変化に柔軟に対応しながら、運動習慣に責任感と責任感を養うにはどうしたらよいか。
- 運動にまつわる考え方や信念は、自己統合性を維持し、目標を達成する能力にどのような影響を与えるのか。

忙しさにかまけて、運動習慣が身につかない人は多い。また、日課をこなしても結果が出ず、練習の段階で大きな目標を立ててしまう。目標を達成できないと、落胆してしまうのだ。

運動やフィットネスにおいて、自己整合性は重要な役割を果たす。個人の価値観や信念に忠実であること、運動習慣や日課に一貫性と誠実さを保つことが含まれる。自分の性格やライフスタイルに合った日課を見つけてしまえば、運動は不可能に思えるかもしれません。運動が楽しみになるかもしれない。それでは、武士たちがどのようにして毎日健康的な体を手に入れたのか見てみよう。

インテグリティ(誠)

誠実さとは、正直であること、真実であること、道徳的原則を一貫して守り続けることの質を指す。誠実さは武士道規範の根幹をなすものであり、サムライ戦士の指針となるものである。武士道規範の基本的な美徳であり、約束を守り、誠実に行動し、強い名誉意識を保つことの重要性を強調している。

武士道における誠実さは、その基本原則を守ることと深く結びついていた。誠実さを備えた武士は、その行動においてこれらの原則を体現し、一貫して最高水準の道徳と倫理的行動を守るよう努めた。これらの原則を守ることで、彼らの行動は誠実さと正義に導かれたものとなった。

武士は自分の思考、行動、感情を律することが求められた。この自己規律によって、衝動的な行動や不名誉な行動を慎み、高潔さを維持した。このように自己規律を重視することで、彼らの日常生活に名誉と誠実さの感覚が植え付けられた。

武士道

肉体的、精神的な鍛錬は、武士が高潔さを保ち、自己規律を養い、たくましい精神を形成するための手段であった。ひたむきな鍛錬と肉体の極みを追求することで、武士は体力、精神の明晰さ、そして掟に対する揺るぎない献身を身につけた。これらの訓練は、筋力、持久力、敏捷性、バランス感覚、集中力を向上させるために考案されたもので、戦場の内外で能力を発揮するために不可欠なものであった。

武士は、武士としての役割には身体能力が不可欠であることを理解していた。彼らは剣術、弓術、武術などの厳しい肉体鍛錬に打ち込んだ。武士はこれらの修練を極めることで、深い規律と精神力、そして肉体的な高潔さを身につけたのである。

健康な身体は健全な精神に変換され、集中力、注意力、精神的な鋭さを保つことができる。この肉体的、精神的な調和は、戦場の内外で誠実さを維持するために極めて重要であった。誠実さを貫くことで、仲間からも敵からも信頼と尊敬を得ることができた。

武士は厳しい鍛錬法を守り、構造化された日課に揺るぎない献身をもって従った。訓練中に直面する肉体的な試練は、精神的な回復力を養い、障害を克服し、掟に対する揺るぎないコミットメントを示すことを可能にした。

サムライたちは瞑想、深い呼吸法、そして肉体的な動きと精神的な集中や精神的なつながりを組み合わせた武術に取り組んだ。これらの修練は、内なる落ち着き、自己認識、掟との整合性を育み、心、体、精神を統合することで彼らの誠実さを高めた。

侍とその運動

武士は、その身体能力の高さと、武士としての職務に不可欠な厳しい鍛錬で有名であった。その中には、肉体的にも精神的にも極限の持久力を必要とする、非常に困難な運動もあった。.

IAIDO

剣の瞑想は「居合道」とも呼ばれ、剣の使い方に重点を置いた日本の武道である。日本刀（刀）による抜刀、切刀、鞘入れの稽古と、冷静で集中した心を養うための瞑想法に重点を置いている。

これらの刀は単独で稽古され、稽古人は正確で制御された一連の動きの中で技を行う。居合はスポーツというよりむしろ "道 "または "道 "と考えられており、規律、集中力、精神的・肉体的なコントロールの発達を重視している。

居合道の重要な側面のひとつは、マインドフルネスと「今、この瞬間」を大切にすることである。稽古人は今この瞬間に注意を集中し、冷静で集中した精神状態を養うよう奨励される。

剣の瞑想や武士の瞑想は今日でも日本で受け継がれており、世界中の多くの人々が身体的、精神的、霊的な恩恵を求めてこれらの修練を学んでいる。居合道は、集中力、規律、マインドフルネスを養い、体力と護身術を向上させることに重点を置いた武道である。

キンヒン

歩く瞑想である金鞭は、マインドフルネス、集中力、規律を養う手段として、封建時代の日本では武士によって実践されていた。武士はしばしば武術の訓練に金鞭を取り入れ、自分の身体に対するより高い意識と制御力を養う手段として用いていた。一歩一歩、呼吸に注意を払いながら、ゆっくりと歩く。禅の瞑想の一環として行われることが多いが、意識と内なる落ち着きを養う方法として単独で行うこともできる。

金鞭の間、武士は通常、呼吸と足腰の感覚に意識を集中させながら、ゆっくりと慎重に歩いた。そうすることで、武術の訓練に不可欠な、自分の身体と動きに対するより大きな意識を培うことができた。

金鞭はまた、精神的な明晰さと集中力を養う手段とも考えられていた。定期的に金幣を練習することによって、武士は心の平和と集中の強い感覚を養うことができた、それは彼らが戦いの暑さの中でさえ、中心を維持し、存在するのに役立ちました。一歩一歩の動作と呼吸に集中することで、武士は自分の動作と感情をよりよくコントロールできるようになり、これは武術と武術以外の両方の場面で役立つ。

さらに、歩行瞑想の実践は、侍の修行者が戦闘状況での効果的な意思決定と迅速な反応に不可欠な、今この瞬間へのより大きなつながりを開発するのに役立ちます。

金鑚は武士の修行と精神修養の重要な部分であり、武道家として、また個人として成長するために不可欠なものであった。金品の練習は、武士が戦場内外で成功するために不可欠な資質である、マインドフルネス、集中力、規律を培うのに役立った。

SAMURAI WALK

武士は、歩くことを含め、生活のあらゆる面で規律を守り、心を配ることで知られていた。彼らは姿勢、バランス、存在感を養う方法として、「サムライ・ウォーク」または「サムライ・

ゲイト」として知られる、ゆっくりと慎重な歩行をしばしば実践していた。

サムライウォークは、サムライが正しい姿勢とバランスを保ちながら、スピードと敏捷性をもって移動できるように考案された実践的な歩き方である。サムライウォークは、体の重さを足の間に均等に分散させながら、小さく素早いステップを踏む。腕は体から少し離して持ち、手は必要に応じて刀を抜く準備ができている。侍の歩き方は、瞑想的な修行というよりは、効率的で実用的なものとして考案された。

侍の歩き方は、混乱や争いの中にあっても、落ち着きと規律の感覚を伝えるために考案された。背筋を伸ばし、頭を高く掲げて、ゆっくりと慎重に歩くことで、サムライは謙虚さと尊敬の念を保ちながら、自信と力の感覚を伝えた。

実用的な利点に加え、武士の歩き方は武士の礼儀作法と文化の重要な部分でもあった。この歩き方を実践することで、武士は戦闘の中でも外でも、規律、名誉、敬意へのコミットメントを示すことができた。

MOKUSO

侍の瞑想法には、心を空にして呼吸や視覚イメージなど一点に集中する「木想（もくそう）」がある。瞑想中、武士は目を閉じ、正確無比に剣技を繰り出す自分の姿を思い描く。自分が楽に、優雅に動き、簡単かつ俊敏に相手を打つ姿を想像するのだ。

シャドーボクシング

侍が使ったもうひとつの視覚化テクニックは、"シャドーボクシング "と呼ばれるものだった。この技法では、侍は頭の中で相手をイメージし、相手と戦っているかのように剣技を練習する。この技法は、侍のタイミングと正確さ、相手の動きを読む力を養うために考案された。

視覚化技術もまた、精神的なタフネスと回復力を高めるために武士によって使用された。例えば、恐怖に立ち向かい、強さと勇気でそれを克服する自分をイメージするのである。この視覚化技術は、戦場での挑戦や危険に立ち向かうために必要な精神的強靭さを身につけるのに役立った。

武士が視覚化技術を用いることは、彼らが訓練において精神的・肉体的準備を重要視していたことを浮き彫りにしている。視覚化技術を練習することで、侍たちは自分の技術を開発し、パフォーマンスを向上させ、戦いの試練に立ち向かうために必要な精神的強靭さを培うことができたのである。

武者修行

侍は剣術、弓術、手刀術など、さまざまな武術の訓練を受けた。こうした肉体的な鍛錬は、武士としての職務に不可欠な強さ、速さ、敏捷性を身につけるのに役立った。同時に、厳しい訓練は彼らに規律、忍耐、精神的な不屈の精神を植え付け、これらは誠実さを身につけるために不可欠であった。

KYUJUTSU

弓術は、封建時代の日本で武士が行っていた伝統的な武術のひとつである。武士はまた、熟練した射手であり、彼らは立って、ひざまずいて、座って技術を練習することによって、弓術の訓練を受けた。弓矢は武士にとって必要不可欠な技術であり、戦争だけでなく、狩猟や個人的な瞑想、自己研鑽の場としても用いられた。

武士は弓術を非常に規律正しく集中的に行い、技術、体力、精神鍛錬に重点を置いた。彼らはしばしば、毎日何時間も弓の練習、彼らの技術を洗練し、彼らの呼吸と精神状態に焦点を当てるだろう。

弓術の重要な要素の一つは、心と体を統一する芸術のアイデアだった。武士は、弓道で成功するためには、彼らの心と体が完全に整列し、1 つとして一緒に働いていた完全な集中と集中の状態を達成する必要があることを信じた。

この状態を達成するために、武士はさまざまな瞑想や呼吸法を実践した。また、弓道で必要とされる過酷な肉体労働をこなすために、筋力トレーニングやコンディショニングトレーニングなどの肉体鍛錬にも励んだ。

武士はまた、倫理的、精神的な弓術の側面に重点を置いた。彼らは、アーチェリーの練習だけでなく、物理的なスキルを習得についても個人の規律、内側の強さ、道徳的な整合性の感覚を開発についてではなかったと思った。

武士は、偉大な規律と集中、彼らの物理的、精神的、精神的な能力を開発する手段として弓術を使用に従ってください。弓の練習を通して、彼らはまた、個人の整合性と道徳的責任の強い感覚を養いながら、完全な集中力と集中の状態を達成することを目指した。

JUJUTSU

柔術（非武装の格闘術）もまた、封建時代の日本で武士によって実践されていた伝統的な武術である。武士にとって柔術は必要不可欠な技術であり、武士は自分自身と主君を守るために、武装と非武装の両方の戦闘に熟練する必要があった。

侍たちは柔術の技術、体力、精神的鍛錬に重点を置いていた。彼らは毎日何時間も柔術の練習に費やし、技を磨き、体力とコンディショニングの向上に努めた。

柔術の重要な要素のひとつは、相手の力と勢いを利用するという考え方である。侍たちは、相手の動きを利用するために正確なテクニックとタイミングを使い、相手を無力化するために様々な投げ、関節固め、打撃を使用する。

柔術に備えるため、サムライたちは筋力トレーニングやコンディショニング・トレーニング、グラップリング・ドリル、打撃ドリルなど、さまざまなトレーニングに取り組んだ。また、瞑想や呼吸法を用いて精神的な鍛錬と集中力を高め、戦闘に備えていた。

武士はまた、柔術の倫理的、精神的な側面を非常に重視していた。彼らは柔術の練習は単に肉体的な技術を習得するだけでなく、個人的な規律や内面的な強さ、道徳的な高潔さを身につけることだと信じていた。

武士は柔術を護身術として修行するだけでなく、個人的な瞑想や自己研鑽の場としても捉えていた。技を磨き、肉体的、精神的な規律を高めることで、より優れた武士になり、より優れた人間になれると信じていたのである。

武士は柔術を、技、体力、精神鍛錬に重点を置き、武士として、また個人としての能力を高める手段として用いた。彼らは柔術の倫理的、精神的側面を非常に重視し、個人的な瞑想や自己啓発の一形態と見なした。

KENJUTSU

剣術は、日本刀（カタナ）の戦闘での使用に焦点を当てた日本の武道である。剣術のルーツは日本の封建時代に遡り、「古流」または「古武術」と考えられている。

剣術では、打ち、斬り、突き、受け、受け流しなど、剣を使ったさまざまな技法を学ぶ。これらの技法は、剣の使い方の正確さ、速さ、そして正確さを身につけることを目的として、一人で、あるいはパートナーと一緒に練習してきた。

剣術の重要な側面の一つは、正しい姿勢、バランス、フットワークを重視することである。練習生は、打撃に力を発揮できる強く安定した構えを維持しながら、優雅で流れるような動きを学ぶ。

剣術の肉体的なテクニックに加え、稽古人は日本における剣の歴史と文化についても学ぶ。これには、刀の作り方や礼儀作法、刀にまつわる哲学なども含まれる。

剣術は、肉体的にも精神的にも鍛錬を要する、やりがいのある武術である。剣術は、その実用性と文化的意義の両方から、世界中の多くの人々に実践されている人気のある武道です。

KENDOトレーニング

剣道は、規律、敬意、精神集中を重視する身体運動の一形態である。侍は剣道で、正確なフットワーク、タイミング、ボディ・コントロールが要求される刀の稽古や、あらかじめ決められた動作を訓練した。剣道は竹刀と防具を使う日本の武道である。剣道家は防具を身につけ、竹刀で相手の頭や手首、胴などを打つ。

剣道は、剣術の原理と技を守りながら、安全に、大きな怪我をすることなく稽古できるように改良された、身体運動と精神鍛錬の一形態として生まれた。また、スパーリングも行われ、体力と精神力をフルに使って相手を打ち負かすことが要求された。剣道の稽古は、規律、敬意、精神集中に加え、肉体的なコンディショニングと剣の達人であることを強調する。

バジュツ

武士は乗馬の訓練を受けた。乗馬は長距離の移動と戦闘に不可欠であったからだ。疾走、跳躍、旋回など様々な乗馬技術を練習し、馬上で刀や槍を使う騎乗戦闘訓練も行った。

武士は、馬上で行うことを想定した厳しい身体訓練と武術のテクニックを組み合わせて、馬術を練習した。馬術の訓練の主な目的は、侍に馬を武器として効果的に使うことを教えることと、様々な騎馬戦闘技術を習得することであった。

馬術の訓練を始めるにあたり、武士は馬の乗り方、降り方、武器を持ちながら片手で馬をコントロールする方法、素乗りの方法など、基本的な乗馬技術を学ぶ。これらの技術を習得した後は、障害物を飛び越えながらの全速力での騎乗や、騎乗での弓術や剣術の練習など、より高度な技術へと進んでいく。

武士は全速力で馬に乗りながら、斬る、突く、受け流すなどの技を練習し、必要に応じて馬から降りて接近戦を行う方法も学んだ。これらの技術は戦において不可欠であり、武士は遠くから敵と交戦したり、スピードと正確さをもって接近戦に突入することができた。

馬術の練習は武士の訓練に不可欠であり、戦場での成功に重要な役割を果たした。馬術は、高度な体力と精神的鍛錬を必要とし、馬術と様々な戦闘技術を習得する必要があった。今日、馬術は伝統的な武術として、世界中の愛好家の間で人気を博している。

ヤブサメ

流鏑馬（やぶさめ）とは、馬に乗って高速で的を矢で射る日本の伝統武術である。そのため、馬と騎手の間の優れた連携と、弓矢の高度な技術が必要とされた。

武士は、武士の時代には戦に不可欠な技術であった騎射の訓練の一環として流鏑馬を練習した。

流鏑馬を練習するには、武士はまず乗馬に必要な基本的な馬術をマスターする必要がある。これには、馬の乗り方と降り方、弓矢を持ちながら片手で馬をコントロールする方法、バランスとコントロールを維持しながらフルスピードで乗る方法などが含まれます。

これらの技術を習得すると、武士は流鏑馬（やぶさめ）の練習に移る。流鏑馬とは、藁などで作られた的を射ながら、全速力で馬を走らせることである。的はコースに沿って一定の間隔で配置され、侍は高速で駆け抜けながら的を射抜く。

練習の難易度を上げるため、侍たちは目隠しをしたり、目をつぶって本能と筋肉の記憶だけを頼りに的を射ることもあった。これは、彼らの腕前と流鏑馬（やぶさめ）の熟練度を示すものであった。

流鏑馬（やぶさめ）に必要な身体的な技術に加えて、武士は高度な精神集中と集中力を養う必要があった。高速で走りながら矢を放ち、冷静さと集中力を保たなければならない。

流鏑馬は、肉体的にも精神的にも高度な鍛錬を必要とする、挑戦的で厳しい武術であった。しかし、封建時代には武士にとって不可欠な技術であり、今日でも日本で人気のある伝統武術である。

持久力トレーニング

武士はまた、ランニング、水泳、ハイキングなど、肉体的・精神的スタミナをつけるためのさまざまな持久的運動にも取り組んだ。彼らは持久力をつけ、心身を強化するために、長距離を、時には何日も走り続けた。

呼吸法

武士はまた、心を落ち着かせ集中力を養う方法として、深呼吸や呼吸法などの呼吸法も実践していた。これにより、彼らはストレスの多い状況でも冷静で明晰な頭脳を保つことができ、それは誠実さを保つために極めて重要だった。

グループトレーニングとスパーリング

侍はしばしば他の武士と稽古やスパーリングを行い、仲間意識と相互尊重を育んだ。武士はペアトレーニングやスパーリングセッションを行い、仲間の武士と技の練習や模擬戦闘を行った。ペア稽古では、武士たちは自分の技量を試し、間合いや距離感を磨き、リアルタイムの戦闘力学を理解することができた。こうした交流を通じて、武士たちはチームワーク、協調性、フェアプレーを重んじることを学んだ。

集団訓練とスパーリングによって、サムライはリーダーシップの資質を身につけることができた。ベテランの武士たちは指導者の役割を担い、若い武士たちを導き、指導した。集団稽古を監督することで、規律を教え、チームワークを育み、戦場で部隊を指揮するのに必要な指導力を培った。

集団訓練やスパーリングに参加することで、武士同士の仲間意識が育まれた。経験、挑戦、勝利を共有することで、彼らは強い絆を築き、仲間への深い信頼を育んだ。この仲間意識は、合戦中の団結力と結束力を維持するために極めて重要であった。

武士は、瞑想、武術訓練、呼吸法、集団訓練、スパーリングなど、さまざまな訓練や技法を用いて高潔さを培った。これらの修行は、肉体的な強さと精神的な強さを養うだけでなく、意義深く充実した人生を送るために不可欠な規律、名誉、倫理的な行動の感覚を彼らに植え付けた。

侍が実践した運動法の効果

体を動かすことは武士にとって多くの利点があり、熟練した武士としての総合的な成長に貢献した。ここでは、武士が実践してきた身体運動の利点のいくつかを紹介しよう：

- 体力
- 武術の習得
- 精神集中と鍛錬
- 反射神経と反応速度の向上
- ケガの予防と回復力
- チームワークと団結力
- ストレス解消と心の健康

禅師と若侍

ある時、若い侍が知恵を求めて禅師のもとを訪れた。彼は老師に尋ねた。"正義の人とそうでない人の違いは何ですか？"

禅師は答えた。「高貴な者が権力を握れば、正義に心を配り、人々のために善を行う。悪人が権力を握ると、腐敗し、人々に害をなす。これが違いだ」。

しかし、高貴な者が権力を持たず、邪悪な者が権力を持つ場合はどうなのでしょうか？

師匠は答えた。"その場合、唯一の違いは、高貴な者は権力を持たなくとも高潔さを保つが、邪悪な者は権力を持つと高潔さを捨てるということだ"。

この物語は、たとえ周囲が崩壊しているように見えても、自己の高潔さを保つことの重要性を強調している。この物語は、私たちの真の人格は状況によってではなく、私たちの選択によって明らかになることを思い出させてくれる。この物語はまた、私たちの人生における誠実さの重要性を示している。誠実さは売り買いできるものではなく、自分自身の中で培わなければならないものであることを思い出させてくれる。私たちが誠実さを持って行動するとき、私たちは他者から尊敬と信頼を得ることができ、世の中を良くする前向きな力となる。価値観と原則を守ることで、私たちは意味と目的のある人生を送ることができ、周囲に良い影響を与えることができるのです。

禅と自己の完全性

禅の原理を取り入れ、自己統合を受け入れることで、個人の肉体的訓練と自己成長を高めることができる。武術、剣術、あるいはあらゆる身体的な鍛錬を行うにせよ、禅のエッセンスを体現することは、その経験を向上させる。

身体意識とアライメントを養うことは、修行には不可欠である。姿勢、バランス、アライメントに注意を払うことで、肉体と精神の調和のとれた統合が培われる。この意識は自己の完全性を促進し、それぞれの動きが内なる真実の反映であることを保証する。

意識的な呼吸のコントロールは、禅にインスパイアされた身体運動において重要な役割を果たす。呼吸を動きと同調させることで、禅の修行者は意識と集中力を高めることができる。呼吸はガイドとなり、心を今この瞬間に固定し、肉体と精神のシームレスな統合を可能にする。

瞑想やビジュアライゼーションの練習を取り入れることで、禅の哲学の統合がさらに深まる。身体運動の前後に座禅を組み、静寂と内なる静けさを養う。ビジュアライゼーションのテクニックを使って動きを視覚化することで、精神的な明晰さを養い、肉体と精神の結びつきを強めることができる。

現世代のための誠実さ

現代社会では、特に個人が直面する多くの課題やプレッシャーを考えると、誠実さは同様に重要である。個人の誠実さを強く意識することで、内なる強さと回復力を養うことができ、困難な状況を優雅さと威厳をもって切り抜けることができる。

運動習慣を継続するには、自己誠実感が重要な役割を果たします。自分の行動を自分の価値観と一致させ、自分自身にコミットメントすることで、一貫性を保ち、エクササイズの目標を貫くことが容易になります。

運動習慣について、自己認識とマインドフルネスの感覚を養いましょう。運動によって自分が肉体的にも精神的にもどのように感じるかに注意を払う。抵抗感やパターンに気づき、それに応じて日課を調整することで、バランスのとれた持続可能なアプローチを促進する。

現実的で達成可能な目標を設定し、それを小さなマイルストーンに分割し、進捗状況を追跡する。モチベーションを維持する方法を見つける。例えば、楽しい運動習慣を見つける、社会的なサポートや責任を求める、達成したら自分にご褒美を与える、定期的な運動のポジティブなメリットに集中し続ける、などである。

武士が重視した個人の誠実さは、現代人にとって貴重な教訓となる。武士道の精神である誠実さを運動習慣に取り入れることで、現在の世代は誠実さの光となり、自分自身の人生を豊かにし、周囲の世界にポジティブな影響を与えることができる。

名誉 (明洋)

"自己肯定感が高いのは、自分が自分であることを尊重しているから"

-ルイーズ・ヘイ

自分の大切さを知っているか？

- 身体全般の健康と幸福を改善するために、どのようなステップを踏めばよいですか？
- 私の健康に悪影響を与えている可能性のある習慣や行動にはどのようなものがありますか？
- 自分の健康を優先しながら、仕事と私生活のバランスをとるにはどうしたらいいでしょうか。
- 自分の核となる価値観とは何か、そしてその価値観と自分の行動を一致させ、より充実感を得るにはどうしたらよいか。
- 心身の健康を増進するために、ストレスレベルを上手に管理するにはどうしたらよいでしょうか。
- 毎晩十分な質の高い睡眠をとるためには、どのような戦略をとればよいでしょうか？
- 仕事と私生活のバランスをとりながら、健康を優先するにはどうしたらよいでしょうか？
- 自分の長所や才能は何か、それを活かして有意義に世の中に貢献するにはどうしたらよいか。
- 私の人生において、どのような人間関係が前向きで支えになっているか。
- 個人生活と仕事において、どうすればもっと本物になり、自分に忠実になれるか。
- 大小にかかわらず、自分の成果や成功を祝うにはどうしたらいいでしょうか。

- 私に喜びと充実感をもたらしてくれる活動や趣味は何ですか。
- 自分の時間とエネルギーを守るために、けじめをつけるにはどうしたらいいでしょうか。

この忙しい世の中で、外的要因に惑わされ、自分自身に忠実でいることは非常に難しい。私たちはスマートな生活を送っており、軌道に乗るためのモチベーションを高めるために電子機器を必要としている。自分自身の重要性を知り、日常生活における自分の行動や振る舞いをどのように形作ることができるかを知ることは本当に重要だ。個人の価値観やモラルを尊重することは、日常生活において誠実さを保つことにつながる。これは、たとえそれが困難であっても、自分自身に正直で誠実であることを意味する。自分自身と自分の業績を尊重することは、自尊心と自信を育むのに役立ちます。自分自身の価値を認め、大切にすることで、決意と目的意識を持って目標や野心を追求しやすくなる。武士がどのように名誉を守り、その方法がどのように現代に役立っているのかを見てみよう。

名誉(明洋)

名誉とは、武士と普通の武士を区別する核となる原則である。それは深い誠実さ、道徳的な正しさ、高潔な行動へのコミットメントを含んでいます。名誉とは、個人の価値観を守り、最大限の誠意と献身をもって職務を全うすることを求めるものである。正義、正義、尊敬に基づいた行動を規定する倫理規範が求められる。

武士にとって名誉とは、単なる武士道の概念ではなく、個人の悟りと充実への道である。名誉を追求することは、その人の運命を形作り、肉体が存在した後も長い間、その人の名声と遺産を決定する。武士の名誉は、高潔な行動、正しい行い、揺るぎない忠誠心によって守られる。

さらに、名誉は個人の名声にとどまらず、一族や血統の名声とも結びついている。武士は祖先の遺産の重みを背負い、自らの行動によって一族の名誉を守らなければならない。

武士道

名誉は武士の生き方の指針であり、彼らの性格、行動、目的意識を形成した。名誉はサムライの真の人格の尺度であると考えられていた。それは単に勇敢さや忠誠心の外見的な表示だけでなく、内面の強さと道徳的な不屈の精神についてでした。武士の名誉は行動、決断、他人との交流に反映され、どんな状況でも威厳と敬意を保つことの重要性が強調された。

名誉を追求するためには、継続的な自己成長と自己研鑽が必要であった。武士は生涯にわたって学問に励み、武芸を極めるだけでなく、文学、詩歌、書道、芸術を学んだ。教養は知識の幅を広げるだけでなく、人格を培い、名誉とその役割に対する深い理解を育み、彼らの人生を形成した。

名誉は戦場だけにとどまらず、平時であれ戦時であれ、生活のあらゆる面に浸透していた。平和な時代には、武士は外交、統治、芸術を通じて名誉を守り、調和、正義、文化的洗練を促進しようと努めた。

武士は、主君を守るため、あるいは国のために、自らの命を犠牲にすることも厭わないことが求められた。武士は常に威厳と敬意をもって振る舞い、危険や逆境に直面しても冷静沈着であり、感情や弱さを表に出さないことが求められた。武士は生活のあらゆる場面で、こうした資質を体現することが求められたのである。では、武士が自らの中に「名誉」という資質を獲得するのに役立った、シンプルでありながら見事な修行法を見ていこう。

イケバナ

生け花は、何世紀にもわたって行われてきた日本の華道である。生け花は、自然への感謝、伝統への敬意、生け花を通して感謝と尊敬を表現する能力において、名誉を体現する修行と見なすことができる。

生け花は、花、枝、葉、草、その他の植物を素材とする規律正しい芸術であり、自然界の有機的なものでなければならない。それらは、美しい構図を作るために注意深く選択され、調和のとれたバランスのとれた方法で配置される。

それぞれの配置の背後にあるアーティストの意図は、作品の色の組み合わせ、自然な形、優美なライン、そして通常暗示される配置の意味を通して示される。生け花は、静寂、ミニマリズム、形、人間性、美学、構造の原則を重視している。

生け花は、空間とシンプルさを利用した魅力的で美しい芸術であり、その実践者は、美しさ、優美さ、バランスの感覚を伝えるアレンジメントを創造するよう努めている。いけばなの背後にある哲学は、しばしば自然とつながり、心の平和を見出す方法と考えられている。

その美的特質に加えて、いけばなはセラピー効果も高く評価されている。生け花を作る過程は瞑想的で心を落ち着かせ、マインドフルネスとリラクゼーションを促進すると信じられている。

武士道

生け花は、江戸時代、武士が習得することが期待された数多くの技術のひとつであった。生け花をたしなむ武士は、その優雅で洗練されたアレンジメントで知られ、しばしば武士の内面的な落ち着きと精神的な強さを反映していた。生け花は集中力と集中力を必要とするため、武士は精神的な規律を養い、仕事に集中することができる。

また、いけばなの稽古には、ある種の謙虚さと伝統への敬意が伴う。いけばなの稽古人は、師匠や確立された芸術の原理から学ぶと同時に、自分の創造性や個性を生かすことが求められる。そのためには、伝統を重んじることと、革新性を受け入れることのバランスが必要である。

生け花はまた、花言葉を通して武士同士がコミュニケーションをとる手段としても使われていた。それぞれの花や植物には特定の意味や象徴があり、それらを特定の方法で生けることで、侍たちは互いにメッセージや感情を伝え合うことができた。生け花は、自然や環境に敬意を払う方法ともいえる。

いけばなは、生け花に使われる素材への深い敬意と、花や植物の自然の美しさへの真摯な理解がなければならない。いけばなの実践者は、さまざまなテクニックやスタイルを駆使して、自分自身の個性や芸術的表現を反映したアレンジメントを創作する。

いけばなの実践では、すべての花や枝に敬意と配慮が払われる。花を選び、生ける行為は、自然に対する敬意と尊敬の念を示すものである。

いけばなは自然界に深い感謝の念を抱き、それらを芸術の中に生かして調和とバランスの感覚を生み出す。生け花の稽古は、武士にとって重要な資質である規律、忍耐、細部への注意を養うための方法と考えられていた。生け花は、花を生けることによって名誉を培い、表現する方法と考えられている。

生け花は非常に複雑で時間のかかる芸術であり、習得するには忍耐と根気が必要である。生け花を稽古することで、武士は勤勉さ、粘り強さ、献身の価値を学んだ。

生け花は、簡素さ、ミニマリズム、人生への謙虚なアプローチを強調する。こうした価値観を取り入れることで、武士は武士道の重要な側面である質素で厳格なライフスタイルを送ることを学んだ。

生け花は、修行者を神と結びつける精神的な修行と考えられている。この精神的なつながりを培うことで、武士は心の平安と平穏を得ることができ、平静さと優雅さをもって人生の困難に立ち向かうことができた。

生け花はまた、生け花を通して記念される人々や出来事を称える方法でもある。日本文化では、花は尊敬、感謝、お見舞いの気持ちを表すために使われることが多い。ある人物や出来事に敬意を表して生けられた生け花は、こうした気持ちを力強く、意味深く伝えることができる。

生け花は、武士道によって定められた名誉の規範を守るために不可欠な、規律、尊敬、謙虚さ、忍耐といった重要な価値観を武士が培うのに役立った。

いけばなの効用

いけばなは日本の伝統的な生け花芸術であり、個人の成長、マインドフルネス、全体的な幸福に貢献するいくつかの固有の利点を共有している。サムライの掟に従って、いけばなを実践することの利点を探ってみよう：

- マインドフルネスの育成
- 創造性の育成
- 忍耐と我慢
- 調和とバランス
- 自然とのつながり
- 規律の育成
- 心ある行動と責任
- 内なる平和と充実

禅師と旅人

あるとき、一人の若い武士が禅の老師に知恵を求めた。武士は老師に尋ねた。"名誉と自尊心の違いは何ですか？"

禅師はこう答えた。自分の行いや功績を認めてもらうもので、自分の外から与えられるものです。一方、自尊心は内面から来るものだ。外からの評価や報酬に関係なく、自分の価値観や原則に従って行動したという知識です」。

若い戦士は興味をそそられ、こう尋ねた。

マスターは答えた。自分の価値観、原則、信念を理解しなければなりません。その上で、他人の意見や社会の規範に逆らってでも、それに従って行動しなければならない。誠実に行動すれば、内面から湧き出る自尊心を感じることができる」。

若い戦士はうなずき、こう尋ねた。もし失敗したら？

師匠は答えた。「間違いは旅の自然な一部だ。重要なのはそれ

にどう対応するかだ。ミスをしたら、その責任を取り、そこから学びなさい。自分にも他人にも正直になりなさい。失敗に直面しても誠実に行動すれば、自尊心を感じることができる」。

若い戦士は師匠の知恵に感謝し、旅を続けるためにその場を去った。彼は、真の名誉とは他人から与えられるものではなく、自分の内側から生まれるものだと悟ったのである。

さらに、この物語は名誉というテーマにも触れている。学者の師匠の教えを受け入れようとしない態度は、師匠の知恵と経験に対する敬意と尊敬の欠如と見ることができるからだ。禅における名誉とは、規則や行動規範を守ることだけでなく、より高い知識と理解を得た人に対する尊敬と畏敬の念を培うことでもある。尊敬とは、単に外見的な敬意を示すことではなく、謙虚で広い心で学び成長する姿勢を養うことである。

禅と自己の名誉

禅の教えは、エゴと分離した自己という幻想を超越することの重要性を強調している。自尊心とは、エゴに支配された欲望や執着が、誠実で真正性をもって行動する能力を妨げることを認識することである。禅の瞑想とマインドフルネスを実践することで、自己のはかない本質をより深く理解し、エゴに支配された動機を手放し、より高潔で思いやりのあるあり方を受け入れることができる

禅の哲学は、謙虚さを中核的な美徳として奨励している。自尊心には、自分自身の限界、誤り、不完全さを認識することが含まれます。禅の修行を通じて、人は自分が相互につながった大きな存在の網の目の一部であることを認め、謙虚さを身につける。この謙虚さは、他者を尊重し、異なる視点から学ぼうとする姿勢や、自己の成長と変容に対する寛容さを育みます。

禅の哲学は、自然を知恵とインスピレーションの源と認識し、自然の中に身を置くことを奨励している。生け花に取り組み、禅を取り入れることで、自然とのつながりを深め、畏敬の念と調和の感覚を養うことができる。

禅の哲学は、マインドフルネスの実践を瞑想を超えて日常生活にまで広げ、生活のあらゆる場面で意識的に選択し、自覚を持って行動することを奨励している。自己尊重は、自分の行動に心を配り、自分の価値観と一致していることを確認し、自分と他者の幸福を促進することを求める。これらの実践を統合することで、個人は深いマインドフルネスの感覚を培うことができ、それぞれの行動に意図、誠実さ、名誉を吹き込むことができる。

現世代への敬意

現代社会では、特に個人が直面する多くの課題やプレッシャーを考えると、名誉は同様に重要である。自分の体に敬意を払い、それにふさわしいケアと注意を払うこと。

仕事と私生活の境界線を設定し、調和のとれた統合を実現することで、バランスの原則を尊重しましょう。セルフケア、リラクゼーション、喜びや充実感をもたらす活動のために専用の時間を確保し、健康を優先させましょう。

妥協や同調を促すことが多い世の中ですが、プライベートでも仕事でも、自分自身に忠実であるよう努めましょう。自分の価値観を尊重し、意見を述べ、本物の自分に沿った選択をしましょう。誠実さと真正性を指針として受け入れましょう。

喜びと充実感をもたらす活動や趣味を見つけよう。少しずつでも、生活の中にそのための時間を作りましょう。創作活動であれ、アウトドア活動であれ、愛する人と過ごす時間であれ、自分に幸福と目的意識をもたらす活動を優先させましょう。

ストレス、過労、不均衡を特徴とする社会では、自分の時間とエネルギーを守るために、明確な境界線を設けましょう。自分の限界を効果的に伝え、セルフケアと個人的な健康のためのスペースを作りましょう。

武士道が体現する名誉の規範は、現代人にとって貴重な指針となり、個人の誠実さ、他者への敬意、規律、勇気、社会への奉仕といった重要な価値観を培う助けとなる。武士道という古代

忠誠(チュー)

「忠誠とは、自分自身と他者に対する真実の誓いである。

- エイダ・ベレス

自分に忠実か？

• 自分の核となる価値観や信念は何か。また、自分自身に忠実であり続けるために、どのようなことを心がけているか。

• どのように自分のニーズや願望に優先順位をつけていますか？

• 人生の目標は何か、そしてそれはどのように本当の自分と一致しているか。

• 自分の長所と短所は何か。そして、最高の自分になるために、それをどう生かすか。

• 人生で最も喜びと充実感をもたらしてくれるものは何か、またそのための時間をどのように作っているか。

• 自分の信念や価値観に挑戦する状況に、どのように対処していますか？

• 自分の内なる声は何を言っているのか、そしてそれが本当の自分と一致していることをどのように確認するのか。

• 批判やフィードバックにどのように対処し、それがあなたの真の道からあなたを揺るがさないようにしますか？

• あなたの周りにはどのような人がいて、彼らはあなたの自己意識にどのような影響を与えますか？

• 失敗や挫折にどう対処し、それを学習の機会として活用しますか？

• どのように決断を下し、それが自分の価値観や目標に沿ったものであることを確認しますか？

• 課題や障害にどのように取り組み、前向きな姿勢を維持しますか？

- 自分の信念や価値観に忠実であり続けるにはどうすればよいですか。
- 何があなたを突き動かし、奮い立たせるのか、また、どのようにしてそれらとつながっているのか。
- 自己反省と内省をどのように実践し、それを人間としての成長と進化に役立てていますか？
- 自分自身に忠実でありながら、健全な人間関係をどのように築き、維持していますか？

忠誠心とは、価値観、信念、経験に基づいて個人が行う個人的な選択である。忠誠心は、信頼、尊敬、信頼性、互恵性などの要素に影響される。私たちは上司、組織、家族、友人に忠誠を尽くす必要があります。しかし、あなたは自分自身に対して忠誠を誓っているだろうか？この忙しい世の中では、自分自身に忠誠を誓う時間はない。自分への忠誠は生涯続くものであり、自分との強い関係を築くには時間と努力が必要だ。サムライたちがどのように忠誠を実践し、それがどのように大胆不敵な戦士になるのに役立ったかを見てみよう。

忠誠(チュー)

The ethical code of the Samurai places great emphasis on 武士道における忠義とは、主君、家族、国に対して深く個人的に尽くすことである。武士道における忠誠とは、主君、家族、国に対する深い個人的なコミットメントであると考えられている。

武士は自己犠牲を払ってまで主君に忠誠を誓い、揺るぎない献身と服従をもって主君に仕えることが期待された。武士道における忠誠の主要な側面のひとつは、主君への忠誠であった。武士は大名と呼ばれる領主に揺るぎない忠誠を誓った。この忠誠心は深い義務感と名誉に根ざしたものであり、武士は主君に仕え、守るために命を捧げることを厭わなかった。

主君への忠誠は、戦場での武勇、揺るぎない服従、無私の奉仕によって示された。この深い忠誠心は、武士と主君の間に強い信頼と相互尊重の絆を育み、調和のとれた、よく機能する封建制度を作り上げた。武士は自分の名誉と主君の名誉を守るように行動し、自分の行動と決定に責任を持つことを約束された。武士はしばしば主君に忠誠を誓う正式な宣誓をし、それは公の場での決意表明の役割を果たした。これらの誓いは生涯拘束力を持つと考えられ、それを守らないことは重大な不名誉とみなされた。

武士道

忠誠心もまた、武士の倫理規範である武士道の重要な側面であった。忠誠心は、武士が名誉と誠実さを保ち、主君と藩に対する義務を守るために不可欠なものと考えられていた。武士は状況や結果にかかわらず、常に個人の価値観や信念に従って行動しなければならない。

忠義を実践するために、武士は強い自己規律と自制心を身につけるよう奨励された。彼らは厳格な行動規範を遵守し、常に高い行動基準を保持することが期待された。これには、他人との取引において正直で高潔であること、強い労働倫理を維持すること、より大きな利益のために個人的な犠牲を厭わないことなどが含まれる。

武士道における忠誠心は家族にも及んだ。武士は両親、兄弟、親戚に対して献身的で忠実であることが求められた。彼らは親孝行、尊敬、家族への支援の原則を支持した。家族への忠誠は個人的な名誉の問題であるだけでなく、家系の存続と先祖伝来の伝統や価値観の維持を保証するものでもあった。家族を守り、養うという武士のコミットメントは揺るぎないものであり、彼らは家族の名誉を自分自身の名誉と絡めて考えていた。

武士道における忠誠のもうひとつの側面は、仲間や戦友への忠誠である。武士は、戦場での経験を共有し、名誉と義務に対する共通のコミットメントを通じて築かれた仲間との緊密な絆を形成した。仲間への忠誠とは、逆境に立たされたときに仲間に寄り添い、支援と保護を提供し、戦場の内外で揺るぎない忠誠心を示すことを意味した。この仲間意識と相互信頼は、軍事作戦の成功と武士階級全体の結束にとって極めて重要であった。

武士はまた、強い自己認識と内省の感覚を養うよう奨励された。自分の行動や動機を反省し、肉体的にも精神的にも常に向上しようと努力することが求められた。

武士は自分の目的意識と価値観に激しく忠実だった。彼らは情熱と献身をもって目標を追求し、逆境に直面しても自らの誠実さと名誉の感覚に忠実であり続けるよう奨励された。

自分自身と自分の価値観に忠実であることで、サムライは目的と意義のある人生を送ることができ、彼らの生き方の中心であった名誉、義務、自己犠牲の原則を守ることができた。

正信はいかにして侍を助けたか

禅の哲学はまた、自己忠誠や自分自身への忠誠を非常に重視している。禅では、これはしばしば「正心」または「初心」と呼ばれ、オープンで偏見のない態度で状況に臨み、先入観や偏見を手放すことを厭わないことを意味する。

禅における自己忠誠の概念には、他人の期待や意見に合わせるのではなく、自分自身と自分の価値観に忠実であることも含まれる。つまり、自分の考えや行動に責任を持ち、外部からの圧力や影響ではなく、自分の内なる導きや直感に基づいて選択することである。

正心は、過去の経験や先入観にとらわれることなく、新鮮な視点と開かれた心でそれぞれの状況に臨むことを可能にする。正心を養った武士は、どのような戦いでも、それが初めての戦いであるかのように臨み、どのような展開になるかという仮定や期待を持たない。そのため、集中力、注意力を維持し、状況の変化に素早く対応することができる。また、自己満足に陥ったり、過信したりすることで、ミスや敗北につながることを避けることができる。

正信偈は、武士が常に学び、技術を向上させるのを助けた。初心者の心を持ち続けることで、彼らは常に新しい技術、アイデア、戦闘へのアプローチを受け入れることができた。彼らは過去の訓練や勝利に制限されず、常に改善する方法を探していた。では、サムライたちが自分自身に対して忠実であるために、どのようにシンプルなテクニックに従っていたかを見てみよう。

ロック・ガーデン

枯山水としても知られるロックガーデンは、14世紀に日本で生まれたもので、岩や砂利、砂などを使って山や滝などの自然の風景を表現したものである。

ロック・ガーデンは、岩、石、巨石を主なデザイン要素とする庭園の一種である。多肉植物やサボテン、高山植物など、岩場や乾燥した環境での生育に適したさまざまな植物を取り入れることが多い。日本庭園に欠かせない3つの要素とは、景観の構造を形成する石、生命力を表す水、四季を通じて色彩や変化をもたらす植物である。

ロックガーデンは、シンプルでミニマルなデザインから、曲がりくねった小道や水場、腰掛けのある多層の凝った庭まで、様々なスタイルで作ることができる。岩の種類や大きさを変えたり、植物を配置したりすることで、視覚的に印象的でユニークな庭をつくることができます。

ロックガーデンは、水が岩を伝って下の土に流れ込むように設計できるため、土壌が痩せていたり、水はけが悪かったりする場所によく使われる。また、比較的小さな面積に収まるように設計できるため、都会の小さな庭や屋上庭園など、スペースが限られている場所でも人気がある。

SAKUTEIKI

作庭記』は、11 世紀に書かれた日本の庭園設計書である。作庭記』には、有名な岩石庭園を含む様々な様式の庭園を造るための詳細な手順と原則が記されている。

作庭記』には、ロックガーデンを設計するための具体的なガイドラインが示されている。例えば、日本文化では奇数の方が美的であると考えられているため、偶数よりも奇数の石を使うことを勧めている。また、人工的に見えるようなパターンやシンメトリーは避け、自然に見えるように石を配置することを勧めている。

このマニュアルでは、ロックガーデンに適した石を選ぶことの重要性も強調している。面白い形や質感の石を選び、風雨にさらされて自然に風化したように見えるように配置することを勧めている。

作庭記』は、庭づくりに興味を持つ武士にとって貴重な資料であった。作庭記』には、武士の間で特に人気があったロックガーデンを含む、さまざまなスタイルの庭を作るための詳細な手順と原則が記されている。

作庭記』も書いている：

山を支える石がなければ、山は弱い。山が弱っていると、水によって破壊されることもある。皇帝は参謀がいなければ弱い。言い換えれば、臣民が皇帝を攻撃するようなものだ。だから、山が安泰なのは石のおかげであり、天皇が安泰なのは臣下のおかげなのだ。景観を構築する際には、何としても山の周囲に石を配置しなければならないのはこのためである。

ロックガーデンは、リラックス、熟考、瞑想を促進するために設計された。武士の精神的な成長に不可欠とされた、内なる平和と静寂を促進する手段として使われることが多かった。武家屋敷や寺院の敷地内によく見られ、武士の主君への忠誠心や国へのコミットメントの重要なシンボルであった。

武士と石庭

ロックガーデンは、自然の本質をとらえ、思索を促すために設計された。ロックガーデンの造成と維持は、武士がこうした価値観を表現し、日常生活に自然界を取り入れることができる方法のひとつであった。

武士は、武士道の実践に不可欠な静寂と内なる平和の感覚を育む手段として、ロックガーデンを捉えていた。岩庭を作り、維持するために必要な規律と集中力は、戦場でも日常生活でも成功するために必要なものであり、武士にとって貴重な資質であると考えられていた。

また、石や砂といった自然の要素を岩庭に取り入れることは、人生の無常や自然との調和の大切さを思い起こさせるものとされた。ロックガーデンを作り、維持するには時間と労力が必要であり、その過程で所有意識と責任感が育まれる。その結果、ロック・ガーデンを持つ人は、自分自身とそれに費やした仕事に対して、より忠誠心を感じるようになるかもしれない。

ロックガーデンはシンプルでミニマルなデザインが多く、庭の中の自然の要素やパターンに集中し、一貫性のある調和のとれた配置で自然の美しさとシンプルさに思いを馳せることができる。この一貫性は、忠誠心や自分の価値観や信念に忠実であることの重要性を表すこともある。

ロックガーデンは、自己反省と内省のための空間を提供する。この内省のプロセスは、個人が自分自身と自分の価値観や信念をより深く理解するのに役立ち、最終的にはこれらの価値観に対する忠誠心を高めることにつながる。

武士は岩石庭園を瞑想の手段として用いる。岩や砂の模様に集中することで、心を澄ませ、自己認識を深め、今この瞬間とのつながりを深めることができる。ロックガーデンは平和で落ち着ける環境を提供し、サムライたちが長い一日の戦いや訓練の後に心を澄ませ、リラックスすることを可能にする。

ロックガーデンは平和で落ち着ける環境を提供し、ストレスや不安を軽減するのに役立つ。個人がリラックスして安らぎを感じると、自分のニーズや幸福を優先するようになり、結果的に忠誠心を高めることにつながるかもしれない。

ロックガーデンの利点

禅の庭や日本のロックガーデンとも呼ばれるロックガーデンを作り、維持することは、忠誠心を育むいくつかの利点があります。ここでは、ロックガーデンを実践することのメリットと、ロックガーデンが忠誠心を育む方法をご紹介します：

- マインドフルネスと内なる平和を育む
- 忍耐と忍耐力を養う
- シンプルさとミニマリズムを受け入れる
- 細部への注意を促す
- 自然とのつながりを育む
- 反省と熟考を促す
- 感情を豊かにする

- 創造性と表現力を刺激する
- レガシー（遺産）の感覚の育成

禅師、忠誠と自己忠誠について

ある時、師匠と弟子が山を歩いていた。弟子は師匠に"人生で一番大切なものは何ですか？"と尋ねた。

師匠は「自己忠誠」と答えた。

弟子は驚いて、「自己忠誠とはどういう意味ですか」と尋ねた。

マスターはこう説明した。自分自身の本質、自分自身の内なる声に忠実であることだ。たとえ群衆や他人の意見に逆らうことになっても、自分を裏切らないということだ。自己忠誠とは、自分自身の道に従う勇気を持つこと、自分自身の価値観に忠実であること、そして自分の人生を信憑性と誠実さを持って生きることだ」。

弟子は少し考えて言った。

師匠は微笑んで言った。自分に正直であれば、他人にも正直である。あなたが本物で誠実に生きるとき、他の人たちにも同じように生きるよう促すのです。自分自身の道を歩むとき、あなたは他の人たちの道標となる。自己忠誠は、自分自身の幸福と充足のために重要なだけでなく、周囲の人々にも利益をもたらすのです」。

弟子はうなずいて言った。ありがとうございます、師匠」。

この話は、一人ひとりが自分自身に忠実であるべきだということを教えている。どのような状況にあっても、自分自身と自分自身の価値観に忠実であるという感覚をより強く持つことができるようになる。

禅と自己忠誠

禅の哲学は、外的な結果や意見、社会的な期待への執着を手放すことを教えている。他者からの承認欲求を解き放ち、自分自身の本質的な価値を受け入れることで、個人は自己忠誠心を培うことができる。外部からの影響を手放すことで、承認や社会規範への適合を求めるのではなく、自分自身の願望や価値観を純粋に反映した選択ができるようになる。

禅の哲学は、個人の継続的な成長と変容を促す。"初心者の心 "の概念を受け入れることによって

- 好奇心、開放性、学ぶ意欲をもって各経験に取り組むことで、成長と拡大の機会を積極的に求め、自己忠誠心を育むことができる。このような自己成長へのコミットメントは、自分自身の可能性への忠誠心を示し、自分自身の最高のバージョンになることを追求します。

禅の哲学は、信憑性と誠実さを持って生きることを強調している。思考、言葉、行動を一致させ、自分の価値観や信念に忠実であることで、自己忠誠心を培う。この信憑性と誠実さによって、自分自身と一致した生き方ができ、本物の自分と一致した選択ができるようになり、自分自身の原則に対する深い忠誠心が育まれる。

現世代への忠誠

忠誠心という価値は、信頼を育み、人間関係を築き、他者に対する目的意識と責任感を生み出すことで、現在の世代を助けることができる。世界は進化し、背景は変わったが、忠誠の原則は現代においても重要な意味を持つ。

忠誠心は、健全な人間関係に不可欠な要素である。恋愛関係であれ、友情であれ、仕事上のパートナーシップであれ、相手に忠誠を尽くすことで信頼が生まれ、2 人の絆が深まります。忠誠心を示すことで、良い時も悪い時も相手を支えるという決意と意志を示すことができます。

雇用主に忠実であることは、強い評判を築き、前向きな職場環

境を育むのに役立ちます。雇用主は、時間通りに出勤し、頼りになり、組織の目標達成のために懸命に働くことで、忠誠心を示す従業員を高く評価します。忠実であることで、同僚や上司との信頼関係を築くことができ、キャリアアップのチャンスも広がります。

大義に対する忠誠心を示すことは、世の中にポジティブな影響を与えることにつながる。チャリティーの支援であれ、地域社会でのボランティア活動であれ、政治的大義の支持であれ、大義に忠実であることは、あなたに目的と充実感を与えることができる。大義にコミットすることで、あなたは変化をもたらし、同じことをするように他の人を鼓舞することができます。

侍は義務感と原則を重んじた。彼らは道徳規範に忠実で、自分の信念のために喜んで立ち上がった。現代に生きる私たちも、自分の価値観や信念に忠実であるために、同じ原則を適用することができる。自分の原則に忠実であることで、尊敬を集め、他の人々の模範となることができるのだ。

サムライはチームへの忠誠心を重視した。彼らは戦いの中で協力し、支え合うように訓練されていた。現代に生きる私たちは、同僚、家族、友人など、チームに対して同じ原則を適用することができる。チームに忠誠を誓うことで、信頼を築き、協力関係を育み、共に目標を達成することができるのだ。

侍は主君に対する忠誠心で知られていた。現代に生きる私たちは、同じ原則を雇用主にも当てはめることができる。雇用主に忠誠を尽くすことで、組織とその目標に対するコミットメントを示すことができる。そうすることで、キャリアアップの機会が増え、仕事に充実感を得ることができる。

サムライの忠誠心は、現代人にとって貴重な教訓となる。自分の価値観、チーム、雇用主、そして地域社会に忠誠を尽くすことで、信頼を築き、協力関係を育み、目標を達成し、世界に良い影響を与えることができるのだ。

セルフ・コントロール(自成)

「制御不能な世界では自制心が必要だ

- ジェームズ・C・コリンズ

どんな状況でも自分をコントロールできるか？

- 自制心を習慣にしたり、日課にしたりするにはどうしたらよいですか？
- 自制心を維持するのに苦労しているとき、どのように気づきますか？
- 自制心を保つために、ストレスや不安をどのように管理していますか？
- 自制心を保つために、マインドフルネスや瞑想はどのような役割を果たしますか？
- 自制心を発揮した自分をどのように称え、ご褒美をあげますか？
- 自制心を保つために、自分の感情をどのように管理していますか？
- 長い間、自制心を発揮するモチベーションをどのように維持していますか？
- 自制心を実践することは、あなたの人生にどのような良い影響を与えましたか？
- 自制心を発揮するための努力において、どのように自分に責任を持ち続けますか？
- 自制心を発揮したい人生のさまざまな分野に、どのように優先順位をつけますか？
- 自制心を発揮するために、特にそれが困難なとき、どうやってやる気を維持しますか？
- どのようにして勢いを維持し、時間をかけて自制心を改善し続けますか？

セルフコントロールとは、自分の衝動や感情、行動を管理するために必要な訓練である。様々な状況にどのように対応するか、短期的な誘惑にどのように抵抗するか、長期的な目標をどのように優先させるか、心と体を意識的に働かせることによって、意識的に決断することが必要である。自制心は万能ではなく、生活の特定の領域で自制心を発揮する一方で、他の領域で自制心を強く発揮することに苦心する場合もある。自制心を維持し、向上させるためには、継続的な練習、コミットメント、自己認識が必要である。どんな困難な状況でも、サムライがどのように自制心を実践したかを見てみよう。

セルフ・コントロール(自成)

武士道とは、封建時代の日本で武士を統制していた倫理体系である。自己コントロールは、武士が感情をコントロールする能力の礎石となった。それは基礎となる美徳とみなされ、武士の人格、行動、卓越性の追求を形成する上で中心的な役割を果たした。

武士道における自制心は、内面的な強さ、規律、道徳的誠実さの育成を意味する。武士が自分の感情、行動、欲望を制御し、名誉ある行動をとり、賢明な決断を下し、掟の理想を体現することを可能にした。自制心は、武士が自己の成長、道徳的な卓越性、武士として社会の一員としての義務を果たすための道しるべとなる基本的な美徳であった。

武士道

サムライ文化は、武士が義務と名誉を守るために不可欠とされる自制心を非常に重視する。武士にとって自制心とは、どんな状況でも自分の感情や衝動をコントロールできることを意味する。これには、危険や逆境に直面しても冷静沈着でいることや、対人関係において衝動や感情で行動しないことも含まれる。自制心は戦いにおいて非常に重要であると考えられており、武士は混乱の中でも合理的な判断を下し、規律を保つことができるからである。

武士は自分の行動や欲望を律し、節度を示し、過度の放縦を避けることが求められた。この規律は、個人的な行動、社会的な交流、物品の消費など、生活のさまざまな側面に及んだ。自制心を発揮することで、武士はバランス感覚を保ち、行き過ぎを避け、個人的な満足よりも義務と義務を優先した。

自制心を持つことで、攻撃性と武勇を責任を持って発揮することを学んだ。武士はその技を慎重に使い、自分自身や主君、あるいは地域社会を守るために必要な場合にのみ暴力に訴えることが求められた。自己管理を通じて、武士は攻撃性を和らげることを学び、自分の行動を制御し、個人的な復讐や無謀な力の誇示ではなく、正当な目的のために彼らの武術のスキルを使用することを確認します。それでは、武士がどのような状況下でどのように自制できるかを見てみよう。

カリグラフィー

カリグラフィーは、手書きで美しく華麗な文字を書く芸術である。視覚的で複雑な芸術であり、文字と絵の両方の要素を組み合わせて、美的な文字と視覚の表現形式を作り出します。

カリグラフィーは、筆やペン、指などさまざまな道具を使い、紙や絹、木などさまざまな表面に書くことができる。書道には独自のスタイルがあり、独特のアルファベット、記号、芸術的技法が特徴である。

カリグラフィーは、招待状の作成や証明書の作成、宗教的な文章を刻むなど、フォーマルな目的や儀式に用いられることが多い。しかし、カリグラフィーは、文字によるコミュニケーションに美しさと個性を加える方法として、創造的な表現に使用することもできる。

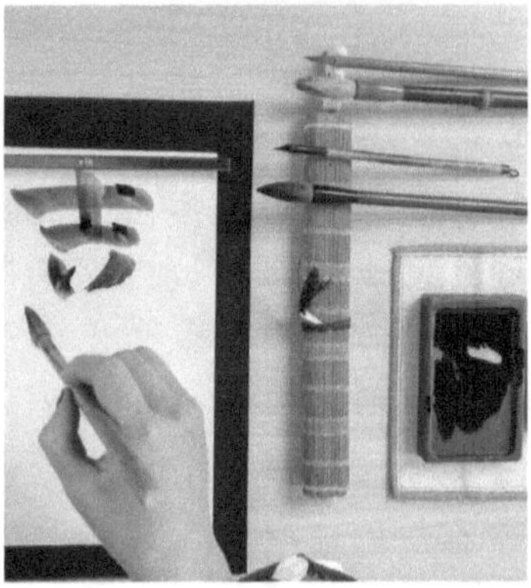

正道

書道瞑想は、日本語で「書道」とも呼ばれ、書道芸術と瞑想の原理を組み合わせた実践法である。内なる平和、自己表現、自己成長、マインドフルネス、精神的成長を達成するための強力なツールとして、書道を用いる。カリグラフィー瞑想では、手で美しい文字を書くという行為が瞑想の一形態として用いられる。

書道瞑想の実践者は、手の動き、墨の流れ、文字やシンボルの創造に集中し、その瞬間に完全に存在することを可能にする。筆の運びは、流れるような自然なリズムを生み出すために注意深く作られ、最終的な作品は、しばしばその優雅さとシンプルさで評価される。

書道瞑想は、深い集中力と集中力、そして規律を必要とするため、しばしば禅宗と結びつけられる。書道という行為に集中することで、内なる静けさと落ち着きを養い、より大きな気づきと洞察力を得ることができる。

書道は、リラックスとストレス解消を促す瞑想状態を作り出すことができる。不安感や衝動性を抑え、自己コントロールの感覚を高めることができる。書道瞑想は、一人でもグループでも実践することができ、禅寺や書道学校などの伝統的な環境で教えられることが多い。

侍に続く小道

書道は、規律と集中力を養い、美を鑑賞する力を養うと信じられていた武士の間では、貴重な芸術形式であり技術であった。書道はしばしば、瞑想や自己啓発の一形態として実践された。

書道を練習するには、武士はまず筆、墨、紙、硯などの道具を用意する。そして、机やテーブルに座り、静かで人目につかない場所で、文字を書く練習を始める。筆の運びは正確で、流麗で、リズムがあり、武士たちはその作品に調和とバランスの感覚を伝えようと努めた。

書道は単に美しい文字を書くだけでなく、人格形成や内面的な鍛錬の手段とも考えられていた。武士は書の練習をすることで、集中力、忍耐力、細部への注意を養うことができた。文字を書くという行為は、深い集中力と制御を必要とし、武士の精神と意志力を強化するのに役立った。

書道は、シンプルさ、優雅さ、力強さを重視する。文字は通常、力強さと威厳を感じさせる大胆で自信に満ちた筆致で書かれる。

自己研鑽のための書道修行に加え、武士は自分の考えや感情を表現する方法としても書を用いた。彼らはしばしば詩や散文を書き、その言葉の美しさと複雑さを伝えるために書を使った。書道はまた、刀剣や他のオブジェクトの銘を作成するために使用され、これらの機能的なアイテムに優雅さと洗練の感覚を追加します。

書道は武士文化の重要な一部であり、芸術としての役割を果たすと同時に、自己の内面を表現し、内省する機会でもあった。書道を通して、武士は美、正確さ、調和への深い理解を深めることができた。

正道の利点

書道は、集中力、忍耐力、細部への注意を必要とするため、自制心を養うための強力なツールとなる。武士の書道がどのように自己コントロールに役立ったか、いくつかの方法を見てみよう：

- 自己認識に役立つ
- マインドフルネスを促進する
- 忍耐力を養う
- 規律を高める
- 自己表現を育む
- 手と目の協調性を高める

モノクローム水墨画

墨絵や水墨画として知られるモノクロームの水墨画は、日本を含む東アジアの伝統的な文化において人気の高い芸術表現形式であった。これらの絵画は、一般的に煤や木炭に由来する墨を使って描かれ、多くの場合、そのシンプルさ、ミニマリズム、複雑な細部よりも対象の本質を捉えることに重点を置いていることが特徴であった。

画家は、筆圧、スピード、ストロークの太さを変えるなど、さまざまな筆のテクニックを組み合わせて、さまざまな効果を生み出し、主題の本質をとらえる。墨は通常、煤に膠（にかわ）や水を混ぜて作られ、さまざまな灰色や黒の濃淡を出すために希釈して使用される。

モノクロームの水墨画では、しばしばネガティブ・スペースが使われ、描かれていない部分が描かれている部分と同じくらい重要視される。インクと何もない空間のバランスは、調和のとれた構図を作る上で非常に重要である。ネガティブ・スペースを意図的に使うことで、作品にリズム感、流れ、ダイナミックな緊張感が生まれる。

モノクロームの水墨画と侍

規律正しく瞑想的な生活を送る武士たちは、モノクローム水墨画の哲学と美学に共鳴した。モノクローム水墨画の簡素さと禅のような質感は、武士たちの心に訴えかけ、武士たちは自分たちの生活にも同じような臨場感と意識を養おうとしたのである。

水墨画は、山水、花鳥、動物など自然を題材にしたものが多い。修行や野外活動を通じて自然界と密接な関係にあった武士たちは、これらの絵画に描かれた調和のとれた自然描写を高く評価した。彼らは、絵師が動物の精神やエネルギー、あるいは自然の風景の静けさや威厳を表現する方法にインスピレーションを得たのである。

武士はライフスタイルだけでなく、芸術においてもミニマリズムを受け入れた。モノクロームの墨絵は、そのまばらでミニマルな構図が、シンプルで控えめなものを好む武士の好みに共鳴した。武士たちは、筆致の経済性に美を見いだし、わずかな線で深遠な意味を伝える能力を見出したのである。

自己成長と自己修練の追求に生涯を捧げたサムライたちは、この芸術に関わる芸術的プロセスに共鳴を見出した。彼らは、卓越性を達成するための献身、練習、集中力の重要性を理解しており、それは彼らの武士修行にも不可欠な資質であった。

モノクローム水墨画の利点

封建時代の日本で武士たちが実践していた単色水墨画は、彼らの生き方に合致し、彼らの訓練や考え方、自制心の発達を補完するいくつかの利点をもたらした。ここでは、サムライたちが実践したモノクローム水墨画の利点のいくつかを紹介しよう：

- 集中力と規律の育成
- 内なる世界の表現
- 観察力の強化
- マインドフルネスとプレゼンス
- 忍耐と忍耐
- 規律と集中
- 振り返りと自己認識

禅師と自己管理

昔、小さな村に一人の禅師が住んでいた。ある日、一人の若者が禅師のもとを訪れ、禅の道を教えてほしいと頼んだ。禅師はそれに同意し、その若者を引き取った。

禅師が青年に教えた最初の教えは、自制心についてだった。禅師は若者を近くの川に連れて行き、こう言った。私の指示があるまで、ここから動くな。

若者は何時間もそこに立ち、水の流れを眺めていた。彼は喉が渇き、空腹になったが、動かなかった。魚が泳ぎ、木の葉が水

に落ち、虫が水面に降り立つのを見た。太陽が昇り、沈むのを見、夜に月が出るのを見た。

ようやく禅師が戻り、青年にどうだったかと尋ねた。青年は答えた。自分の体と心をコントロールし、忍耐強く苦難に耐えることを学びました」。

禅師は微笑んで言った。これで次のレッスンの準備は整った。そして青年は禅師のもとで勉強を続け、日を追うごとに禅と自制心について学んでいった。

この話は、自制心が困難な状況において重要な要素であることを教えてくれる。心身をコントロールすることを学ぶことで、私たちはより忍耐強く、規律正しく、苦難に耐えられるようになる。そして、このような資質があれば、私たちは目標を達成し、人生においてより大きな平和と幸福を見出すことができるのだ。

禅と自己管理

禅の修行は、マインドフルネスと自己認識を培うことで、人生の困難に直面しても、意識的な選択をし、内面のバランスを保つことができるようになるため、自制心の発達をサポートすることができる。

禅の修行者は、一瞬一瞬に完全に存在し、判断することなく自分の考えや感情を観察することを学びます。同様に、自制心とは自分の衝動や欲望を自覚することであり、衝動的に反応するのではなく、意識的に反応を選択することを可能にする。

禅の修行者は、自分の思考や感情、感覚的な体験を、それらに流されることなく観察するよう心を訓練する。この意識の高まりにより、衝動的あるいは無意識的に反応する前に、それを認識し、立ち止まることで自制心を発揮できるようになる。

絵を描く、あるいは文章を書くという行為に完全に集中することで

このマインドフルネスがセルフコントロールの基本的な側面で

ある。このような修行を通じて高められた気づきと集中力は、日常生活にも応用することができ、自分の考えや行動をよりコントロールできるようになる。

現在世代の自制

武士道が信奉する自制の原則は、現代においても価値あるものである。武士道が強調する自制心が、現代人にも役立つ方法をいくつか挙げてみよう：

自制心は、定期的な運動、健康的な食事、十分な睡眠などのフィットネス習慣を身につけるのに役立つ。身体の健康と幸福に気を配ることで、個人はより大きな回復力と強さを身につけることができ、ストレスや生活上のその他の困難にうまく対処できるようになる。

マインドフルネスや瞑想は、自己認識と集中力を高め、ストレスや不安を軽減するのに役立つ。自分の考えや感情を判断することなく観察することを学ぶことで、内面的な落ち着きと明晰さをより強く感じられるようになり、日常生活においてより合理的で効果的な判断を下せるようになる。

自制心は意思決定の重要な側面であり、選択肢を慎重に検討し、自分の価値観や目標に沿った選択をすることができるからだ。自制心を鍛えることで、悪い結果を招く可能性のある衝動的な決断を避け、代わりに望む結果を達成するのに役立つ選択をすることができる。

自制心は、感情をより効果的にコントロールするのにも役立つ。自制心を鍛えることで、感情に支配されるのではなく、健全で建設的な方法で感情を管理することを学ぶことができる。これにより、感情に圧倒されることを避け、困難な状況でもバランス感覚と展望を保つことができます。

セルフ・コントロールは、レジリエンス（挫折や困難から立ち直る力）を養うのにも役立つ。セルフ・コントロールを実践することで、困難な状況を耐え抜き、より強く立ち直るために必要な精神的なタフネスと規律を身につけることができる。

自制心は、他人との関係にも役立つ。自制心を鍛えることで、怒りやフラストレーションを爆発させることを避け、その代わりに他人とより効果的で思いやりのあるコミュニケーションをとることができる。そうすることで、相互尊重と理解に基づいた、より強く、より協力的な人間関係を築くことができる。

自制心を鍛えることで、より良い決断を下し、感情をより効果的に調整し、回復力を高め、他者との関係を改善することができる。自分の考えや感情を判断することなく観察することを学ぶことで、内面的な落ち着きと明晰さを身につけ、日常生活においてより合理的で効果的な決断を下すことができる。これらの利点はすべて、より充実した成功した人生に貢献することができる。

ヨガのための武士道コード

なぜサムライ式ヨガなのか？

武士道的にヨガを練習するというコンセプトは、目的意識、名誉、献身をもって練習に取り組むことを力強く思い出させてくれる。武士道の原則をヨガの練習に取り入れることで、ヨガの本質とより深くつながり、個人的な変容を経験することができる。サムライ流のヨガの練習方法をいくつか紹介しよう：

- サムライは厳しい規律で知られていますが、これはヨガの練習にも応用できます。ヨガを一貫して練習し、学び、上達することを約束することで、サムライの規律を体現することができます。

- サムライは、雑念や逆境に直面しても、目の前の仕事に集中し続ける能力で知られています。ヨガでは、この集中力を呼吸と動作に応用し、練習中ずっと現在にとどまり、マインドフルな状態を保つことができる。

- サムライは肉体的にも精神的にも強くたくましくなるように訓練されてきた。ヨガでは、アーサナの練習を通して

- また、マインドフルネスや瞑想を通して精神的な強さも養うことができます。

- サムライは強靭で規律正しいだけでなく、優雅でエレガントな動きも大切にしていました。ヨガでは、優雅さと流れるような感覚を養うことができます。

- サムライは、忠誠心、誠実さ、勇気を重んじる名誉の掟で知られていた。ヨガにおいても、自分の価値観や信念に忠実に、誠実に練習することで、この名誉の感覚を体現することができます。

侍流脳波レベルアップ法

瞑想や集中トレーニングなど、武士が用いるテクニックは脳波パターンに影響を与える可能性がある。ヨガのような活動で、マインドフルネスの実践、視覚化訓練、集中力を高める訓練な

どを取り入れると、リラックス、集中力、認知機能の強化に関連する同様の脳波の変化をもたらす可能性がある。脳波の活動とサムライの生き方には、いくつかの一般的な共通点がある：

アルファ波とマインドフルネス： アルファ波はリラクゼーションと落ち着きに関連しており、マインドフルネス瞑想は武士道に不可欠なものである。マインドフルネスを実践することで、武士たちは精神集中力と明晰さを高めることができた。

ベータ波と覚醒度：ベータ波は覚醒と集中に関連しており、武士は集中力と注意力を必要とする武術や戦闘技術を高度に訓練されていた。規律と集中力を身につけることで、武士はベータ波の活動を高め、戦闘状況において迅速かつ効果的に反応する能力を高めることができた。

シータ波と視覚化： シータ波は、深いリラクゼーションと視覚化に関連しており、武士はしばしば、戦いに備えて精神的に準備するために視覚化のテクニックを使っていた。さまざまなシナリオや結果を視覚化することで、武士はシータ波の活動を高め、精神的な明晰さと集中力を向上させることができた。

デルタ波と休息：デルタ波は深い眠りと体内の回復プロセスに関連している。武士は肉体的にも精神的にも休息と回復の重要性を強調した。十分な睡眠をとり、休息と回復の時間をとることで、デルタ波の活動が促進され、肉体的・精神的な労苦から身体を癒し回復させることができる。

武士道精神はヨガにどう役立つのか？：

武士道の原則を念頭に置いてヨガを練習することは、練習を深め、規律と集中力を養うのに役立ちます。武士道規範がヨガの練習に役立ついくつかの方法をご紹介します：

ジャスティス：

ヨガは、身体、心、精神のバランスと調和を生み出すことを目指す。この内なる均衡を育むことで、ヨギーは公正な決断を下し、状況に公平に対応し、地域社会の中で正義を推進するためのより良い能力を身につけることができる。

勇気:

ヨガの練習には勇気が必要不可欠です。なぜなら、自分のコンフォートゾーンから一歩踏み出し、新しいポーズに挑戦したり、肉体的・精神的な限界に挑戦したりする必要があるからです。勇気をもって練習するということは、恐怖に直面し、恐怖にとらわれないということです。

コンパッション:

ヨガで思いやりを育むということは、自分の身体の声に耳を傾け、その欲求を尊重するということです。限界を超えて自分を追い込まず、セルフケアと優しさを実践することです。

リスペクト:

リスペクトはヨガのプラクティスの基本原則であり、自分自身に対してだけでなく、他者に対しても同様である。周囲に気を配り、自分の身体の声に耳を傾け、判断や比較を避けるということです。

インテグリティ:

誠実さを実践することで、ヨギーは自己認識を培い、自分の最も深い価値観と調和する選択をし、自分自身の中に全体性と誠実さの感覚を育む。

名誉:

ヨガは、定期的なプラクティスを維持し、プラクティスへの理解を深めるための献身と規律を必要とする。尊敬の念を持ってヨガに取り組むことで、プラクティショナーは自分自身の成長と発展、そしてより広いヨガコミュニティへのコミットメントを示すことができる。

忠誠:

ヨガでは、練習生は自分の身体、マインド、スピリットを尊重することで、自己忠誠を培う。これは、内なる叡智に耳を傾け、自分の境界線を尊重し、セルフケアを実践することを意味する。自分自身に忠実であることで、ヨギーは自分自身に対する自己忠誠を深める基礎を確立する。

セルフ・コントロール:

自制心は、一貫した規律あるヨガの練習を確立するために不可欠である。自制心を行使することで、ヨギーは自分の身体の声に耳を傾け、自分の限界を尊重し、安全で持続可能な範囲を超えて自分を追い込むことを避けることを学ぶ。

武士道からヨガの八支則へ

パタンジャリのヨーガ・スートラに記されているヨーガの八支則は、ヨーガの実践のための枠組みを提供する。侍の武士道規範は、集中力、規律、目的意識を持ってヨガの練習に取り組む方法のガイダンスを提供することで、ヨガの八支則を実践する際に役立ちます。武士道の掟をヨガの八支則に応用する方法をいくつか挙げてみましょう：

YAMA (倫理原則): ヨガの第一戒律は「ヤマ」であり、他者に対する行動を導く倫理原則である。武士道では、正義、思いやり、尊敬といった倫理原則の重要性を強調している。これらの原則は、自分自身や他者に対する道徳的・倫理的責任感を養うことで、ヨガの実践に応用することができる。

ニヤマ (自己鍛錬と精神修養 観察): ヨーガの第二の戒律は「ニヤマ」であり、自分自身に対する行動の指針となる倫理原

則である。武士道の掟は、自己鍛錬と、瞑想や観想などの精神的な遵守の重要性を強調している。これらの実践は、集中力と規律を養うことで、ヨガの練習に応用することができる

。

アサナ (体位): ヨガの 3 つ目の手足はアーサナで、瞑想のために身体を準備するための身体的なポーズである。武士道の掟は、肉体の鍛錬と習得の重要性を強調している。これは、規律、集中力、目的意識を持って身体のポーズに取り組むことで、ヨガの練習に応用することができる。

プラナヤマ (呼吸コントロール): ヨガの四つ目の手足はプラーナーヤーマで、呼吸をコントロールする練習である。武士道では、呼吸のコントロールと規律の重要性を強調している。これは、呼吸に集中し、それを使って心身を調整することで、ヨガの練習に応用することができる。

PRATYAHARA (感覚遮断): ヨガの第五の手足は

プラティヤハーラとは、外的刺激から感覚を遠ざける修行である。武士道では、無執着と無執着の重要性を強調している。これは、外的な雑念から切り離された感覚を養い、練習に内向きに集中することで、ヨガの練習に応用することができる。

ダーラナ (コンセントレーション): ヨガの第六の手足はダーラナであり、集中の実践である。武士道では精神集中と集中の重要性を強調している。これは、呼吸やマントラ、視覚的なイメージに一点集中する感覚を養うことで、ヨガの練習に応用することができる。

DHYANA (瞑想): ヨーガの第七の手足は、瞑想の実践であるディヤーナである。武士道の掟では、明晰さと洞察力を得る手段として、瞑想と観想の重要性を強調している。これは、深い内なる意識と自己反省の感覚を養うことで、ヨガの実践に応用することができる。

サマディ (至福の時): ヨガの第八の手足は、瞑想に完全に没頭する状態である「サマーディ」である。武士道では、エゴを超越し、宇宙との一体感を得ることの重要性を強調している。これは、神とのつながりや、内なる平和と満足の深い感覚を培うことで、ヨガの実践に応用することができる。

チャクラへの武士道コード

武士道規範は、内なる平和と調和を培う助けとなる、バランスの取れた高潔な生き方を推奨しており、それはひいてはチャクラの健康とバランスに恩恵をもたらす。武士道には、チャクラのバランスと強化に役立つ側面があります。

ルート・チャクラ- 第一チャクラは背骨の付け根に位置し、安心感と地に足をつける感覚と関連している。武士道では、忠誠心や目上の人に対する尊敬の念が重要視され、それが生活の安定と安心感を生むのに役立つ。

仙骨チャクラ– 第 2 チャクラは下腹部に位置し、創造性と感情に関連している。武士道の掟では、自己規律と自制心の重要性が強調されており、感情のバランスを整え、衝動的な行動を防ぐのに役立つ。

太陽神経叢チャクラ–第 3 チャクラは上腹部に位置し、個人のパワーと自尊心に関連している。武士道は勇気と自信の重要性を強調しており、このチャクラを強化するのに役立つ。

ハート・チャクラ–第 4 チャクラは胸の中心に位置し、愛、思いやり、つながりに関連している。武士道の掟では、共感と思いやりの重要性を強調しており、このチャクラを開いてバランスをとるのに役立つ。

のどのチャクラ–第 5 チャクラは喉に位置し、コミュニケーションと自己表現に関連する。武士道では、正直さと誠実さの重要性を強調しており、このチャクラを強化するのに役立つ。

サードアイチャクラ - 第六チャクラは額にあり、直感と霊的な意識に関連している。武士道の掟では、このチャクラを開いてバランスをとるのに役立つ、心構えと気づきの重要性を強調している。

クラウン・チャクラ - 第 7 チャクラは頭頂部に位置し、精神的なつながりと悟りに関連している。武士道の掟では、このチャクラを開いてバランスを取るのに役立つ、今この瞬間を生きることと知識を求めることの重要性を強調している。

なぜヨガで武士道を実践することが重要なのか？:

武士道は武士の生き方のために特別に開発されたもので、その原則をヨガの練習に取り入れることで、いくつかの利点が得られる

規律と集中力を養う: ペースが速く 規律と集中は個人の成長と幸福のために不可欠である。武士道規範は規律、コミットメント、集中力を強調しており、これは個人が一貫したヨガのプラクティスを発展させるのをサポートすることができる。武士道の原則を取り入れることで、ヨガのプラクティスや人生の他の分野において、集中力、コミットメント、規律を保つ能力を強化することができる。

人格と倫理観の形成: 武士道とは 武士道では、誠実さ、正直さ、思いやりといった美徳が強調されている。これらの原則をヨガの練習に取り入れることは、個人が強い人格を築き、倫理的な価値観を培うのに役立ちます。道徳的価値や誠実さが時に見過ごされがちな社会で、武士道をヨガに取り入れることは、マットの上でも外でもこれらの資質を守り、誠実に生きることを思い出させてくれるでしょう。

レジリエンスと豊かな感情を育む

生きること: 武士道では、精神的な回復力、感情的なバランス、勇気を持って困難に立ち向かう能力を重視している。これらの資質は、ストレスや不確実性、メンタルヘルスの問題が蔓延している現代において、ますます重要になってきている。武士道の掟をヨガの練習に取り入れることは、個人のレジリエンス、感情的知性、そして優雅さと落ち着きを持って困難を乗り越える能力を発達させるのに役立ちます。

心と体のつながりと幸福の促進

存在: 武士道では、心、身体、精神の一体性を認めている。同様に、ヨガは心、身体、呼吸の統合を強調する。武士道の掟をヨガに取り入れることで、心と体のつながりを深め、全体的な幸福感を高め、人生の調和とバランスの感覚を体験することができる。

尊敬、共感、つながりを育む: 武士道の掟は、自分自身と他人を尊重し、共感と思いやりを強調する。共感やつながりが希薄になりがちなこの世界で、ヨガの練習にこれらの原則を取り入れることは、自分自身や他者に対する尊敬、理解、思いやりの感覚を育むのに役立つ。それは、人々を支え、包含するコミュニティを促進し、人々が集まり、お互いを高め合う場を創り出す。

目的と意義を見出す: 武士道の掟は、より高い目的を見つけ、忠誠心と献身をもって生きることを強調している。これらの原則をヨガの練習に取り入れることで、個人が自分の目的を発見し、内なる自己とつながり、より深い意味と充実感を培うことができる。

武士道の掟をヨガの練習に取り入れることで、現在の世代はその時代を超越した原則から恩恵を受けることができ、個人の成長、幸福、倫理意識を高めることができる。規律、回復力、誠実さ、思いやりを身につけるためのガイドとなり、複雑な現代社会を生き抜きながら、真の自分とつながり、目的のある人生を送る助けとなる。

武士道コード・テクニックの実践
自宅で

庭掃除や野菜切りから茶道、生け花、ロックガーデン、書道、水墨画に至るまで、禅はただあぐらをかいて瞑想するだけではない。

心を集中させ、精神の覚醒を目指す。

武士道コードを使ったヨガの八支則を自宅で実践するテクニック

この 2 つの原則を組み合わせることで、バランスの取れた、規律正しいヨガの練習をすることができます。武士道コードを使ったヨガの八支則を自宅で実践する方法をいくつかご紹介しましょう：

YAMAS: ヤマとはヨガの倫理原則のことで、非暴力、真実、不偸盗、禁欲、不所持などが含まれる。他人に親切にする、正直に話す、他人を適切に尊重する、自制心を実践するなど、家庭でもヤマに従うことができます。

ニヤマス: ニヤマとはヨガの個人的な規律であり、清潔、満足、自己鍛錬、自習、より高い力への献身などが含まれる。清潔で整理整頓された生活空間を保つこと、今あるものに満足すること、自制心を養うこと、自分の行動や考えを振り返ること、人生の意味や目的を見つけることなど、家庭でもニヤマに従うことができる。

アサナ: アーサナはヨガの身体的な練習で、ヨガのポーズやエクササイズを行います。ヨガのビデオやバーチャルヨガクラスに参加することで、自宅でアーサナを練習することができます。

プラナヤマ: プラナヤマは呼吸をコントロールする練習です。深い腹式呼吸、交互鼻孔呼吸、息止めなど、指導された呼吸法に従って自宅でプラナヤーマを実践することができる。

PRATYAHARA: プラティヤハーラとは、外界の雑念から感覚を引き離す練習である。携帯電話やパソコンの電源を切り、静かで平和な場所を見つけて練習する。

ダーラナ: ダーラナは集中の練習です。ろうそくの炎やマントラなど、一点または一点に集中することで、自宅でもダーラナを練習することができる。

DHYANA: ディヤーナとは瞑想の実践である。ガイド付き瞑想に従ったり、瞑想アプリを使うことで、自宅でディヤーナを実践することができる。

サマディ: サマディはヨガの究極の目標であり、修行者が宇宙との一体感を経験する深い瞑想の状態である。自宅でサマディを達成するのは難しいかもしれないが、ヨガの他の手足を定期的に練習し、マインドフルネスと内なる平和の感覚を養うことで、この目標に向かって努力することができる。

武士らしく、規律を守り、集中力を高め、自己研鑽に励む。また、武士道の原則を練習に取り入れることで、目的と意味の感覚を養うことができます。武士道的なヨガの八支則を家庭で実践することで、より深い心の平和、明晰さ、強さを心身ともに養うことができる。

家庭での沈黙の誓いの実践

日本の沈黙の誓いは、心の平和と自己認識を培う手段として沈黙を守る習慣です。家庭でこれを実践するための手順を紹介しよう：

専用の時間と場所を確保する: 一日のうち 一日のうちで、誰にも邪魔されずに静寂を実践できる静かな場所を選びましょう。携帯電話などの電子機器の電源を切り、気が散らないようにしましょう。

マインドフルネスの実践: クッションや椅子にゆったりと座り、背筋を伸ばして目を閉じる。数回深呼吸をして、今この瞬間に注意を向けます。判断や執着なしに、自分の考えや感情を観察する。

沈黙を守る： 沈黙の誓いの間は、話したり余計な声を出したりしないこと。他の人と一緒に住んでいる場合は、身振り手振りを使ったり、メモを書いたりしてコミュニケーションをとることができます。

練習活動を心して行う： 沈黙の誓いを立てている間、散歩や料理、掃除などの活動を心ゆくまで楽しんでください、 自分の感覚や周囲の環境に注意を払いながら、マインドフルに活動することができます。

沈黙の終わりには心を込めて: 沈黙の誓いを終えるときが来たら、数回深呼吸をし、この経験に対する感謝の気持ちを表す。沈黙の誓いの練習中に気づいたことや観察したことを書き留めてもよい。

日本の沈黙の誓いの実践は、個人的かつ個人的な経験であることを忘れないでください。大切なのは、オープンで好奇心旺盛な心で練習に取り組み、沈黙が身体、心、精神に及ぼす影響を観察することです。

家庭でできる禅の瞑想法

禅の瞑想はマインドフルネスの実践の一形態で、静寂の中に座って今この瞬間を観察する。ここでは、自宅で座禅を実践するための一般的な手順を紹介する：

静かで快適な空間を見つける: 家の中の静かで清潔な場所で、誰にも邪魔されずに楽に座れる場所を選びましょう。クッションや椅子に背筋を伸ばして座り、両手を膝の上に置くとよい。

タイマー設定: 瞑想セッションのタイマーをセットし、最初は数分から始め、練習に慣れてきたら徐々に時間を延ばしていく。

呼吸に集中する: 呼吸に注意を向け、息を吸い、吐く感覚を観察する。自分の呼吸を数えてもいいし、判断や執着なしにただ観察してもいい。

考えを観察する: 瞑想をしていると、心の中に考えが浮かんでくることに気づくかもしれません。そのような思考にとらわれるのではなく、判断や執着をせずに観察し、そっと呼吸に意識を戻す。

瞑想を終える: タイマーが鳴ったら、数回深呼吸をし、ゆっくりと目を開ける。自分がどう感じているかを観察し、この体験に感謝の気持ちを表す。

禅の瞑想は個人的な経験であることを忘れないでください。大切なのは、オープンで好奇心旺盛な心で実践に取り組み、静寂とマインドフルネスが身体、心、精神に及ぼす影響を観察することだ。

家庭茶道

日本文化における茶道の稽古は、日常生活に取り入れることで、平和で瞑想的な活動になる。一般的な手順は以下の通り：

ティースペースを設ける: 家の中で静かで清潔なスペースを見つけ、窓や自然光源の近くが理想的です。ローテーブルを置いたり、床にクッションを敷いて座ったりしてもよい。茶碗、茶筅、茶杓、お湯を沸かすための小さなやかんやポットなど、必要な道具はすべて揃えておく。

お茶を用意する： お湯を沸かし、少し冷ましてから茶碗に注ぐ。茶杓で少量の粉末緑茶を茶碗に入れる。茶筅で茶葉が泡立つまで泡立てる。

サーブして楽しむ: お客さまにお出しするもよし、ご自身で楽しむもよし。両手で茶碗を持ち、お茶の味と香りを楽しみながら一口飲みます。お茶を飲み終えたら、道具をきれいに洗って保管しましょう。

マインドフルネスの実践: 茶道はマインドフルネスと気づきを重視する瞑想的な修行である。今この瞬間に集中し、お茶の味、香り、舌触りなど、五感に注意を払いましょう。

茶道は個人的、個人的な体験であることを忘れずに。

家庭での食事瞑想の実践

日本食は美味しいだけでなく、豊かな文化遺産でもある。食の瞑想を実践することは、料理の味、食感、マインドフルネスを味わう素晴らしい方法となる。以下に一般的な手順を紹介しよう：

シーンを設定する: 気が散らず集中できる静かで快適な場所を見つける。小さなテーブルやマットを置き、目の前に和食や一品料理を並べる。照明を落とすか、ろうそくを灯して落ち着いた雰囲気を作る。

食材を選ぶ: 新鮮で質の良い食材を選ぶ 日本食の典型的な食事は、ご飯、味噌汁、漬物、焼き魚や豆腐などの副菜数品、そして小皿に盛られた果物で構成される。

食事を準備する: それぞれの食材の色、香り、食感に気を配りながら、時間をかけて心を込めて調理する。焼く、蒸す、煮るなど、日本の伝統的な調理法を使いましょう。

食事を提供する: 色や形のバランスに気を配りながら、お皿や器に美しく盛り付けましょう。盛り付けや食事作りにかけた労力に感謝する時間を持ちましょう。

食事を楽しむ: 一口食べる前に深呼吸をし、空腹感と期待感に集中する。一口を小さくしてゆっくり噛み、それぞれの食材の風味と食感を味わう。それぞれの料理の温度、食感、微妙な味に注意を払う。

感謝する: 食事を終えたら、食材やそれを育ててくれた人、調理してくれた人、そして心身に栄養を与えてくれた機会に感謝の気持ちを表しましょう。

和食瞑想の実践は、個人的かつ個人的な経験であることを忘れないでください。大切なのは、マインドフルネスと感謝の気持ちを持って食事に臨み、その体験の一瞬一瞬を味わうことだ。

武士道:

侍は封建時代の日本の有名な武士であり、肉体的、精神的な鍛錬を積んでいた。ここでは、侍のトレーニングにヒントを得た、家庭でできるエクササイズを紹介しよう：

ソード・トレーニング: 木刀やプラスチック刀、棒などを使って剣の動きを練習することができる。基本的な打撃や突きから始め、徐々に複雑な形にしていく。正しい姿勢とフットワークを身につけましょう。

ボディーウエイト運動: 武士は腕立て伏せ、スクワット、ランジなどの自重エクササイズを徹底的に鍛えた。これらのエクササイズは、器具を使わずに自宅でできる。各エクササイズを複数セット行い、徐々に反復回数を増やしていくことを目標にしよう。

ヨガとストレッチ: 武士もまた、柔軟性と運動能力を維持するためにヨガやストレッチを実践していた。オンラインビデオや本を使って自宅でヨガを練習したり、ハムストリングスのストレッチや肩のストレッチなど、基本的なストレッチをするだけでもいい。

メンタルトレーニング: 武士はまた、集中力、集中力、回復力を養うために心を鍛えた。瞑想やビジュアライゼーション、その他のメンタルエクササイズを実践することで、これらのスキルを身につけることができる。

運動プログラムを始める前に、特に既往症や怪我がある場合は、医療専門家に相談することを忘れずに。低強度から始め、徐々にトレーニングの難易度と時間を上げていく。結果を出すためには、一貫した規律ある練習を行うこと。

家庭でのいけばなの実践

生け花は、シンプルさ、調和、自然素材の使用を重視する日本の生け花芸術です。家庭で生け花を実践するための手順を紹介しよう：

適切なスペースを選ぶ： 家の中で、生け花に取り組める静かで明るい場所を探しましょう。

平らな面があり、水が簡単に使える場所が理想的です。

材料を集める： まずは、庭や近所の花屋で、さまざまな花や葉、枝を集めることから始めましょう。形や色、質感の異なるものを選んで、コントラストと面白さを演出しましょう。

道具を準備する: 必要なものは、鋭利なはさみ、花瓶や容器、材料を固定する剣山や花蛙。

スタイルを選ぶ: いけばなには、独自のルールと原則を持ったさまざまなスタイルがある。いろいろな流派を研究し、自分の心に響くものを選ぶか、好みや直感をもとに自分の流派を作りましょう。

アレンジメントを作る: まず、背の高い茎や大きな花など、フォーカル・ポイントとなるものを選び、その周囲に他の素材をバランスよく調和させながら配置する。素材と素材の間のスペースに気を配り、アシンメトリーでシンプルなデザインにすることで、エレガントで洗練された雰囲気を演出します。

観察し反省する: アレンジメントが完成したら、一歩下がってさまざまな角度から観察してみましょう。素材の形、色、質感、そしてそれらがあなたの中に呼び起こす感情や感覚について考えてみましょう。

いけばなのお稽古は、個人的で個性的な経験であることを忘れないでください。ですから、さまざまな素材やスタイルを試し、あなたの創造性や個性を自由に表現してください。大切なのは、心を開いて注意深く練習に取り組み、美しく意味のあるものを生み出す過程を楽しむことである。

家庭菜園の実践

ロックガーデンは、シンプル、ミニマリズム、自然の要素を重視した日本庭園のデザインです。ここでは、自宅でロックガーデンを作るための手順を紹介しよう：

場所を選ぶ: 庭やバルコニーで、日当たりがよく、平らで水はけのよい場所を探しましょう。その場所の広さや形、庭に取り入れたい素材や要素を考慮しましょう。

材料を集める: ロックガーデンには、さまざまな大きさの石、砂利や砂、熊手が必要です。奥行きとコントラストを出すために、苔やシダ、小さな木など、他の要素を加えることもできます。

デザインを考える: 岩の配置、空間の形や大きさ、作りたい模様や質感を考慮しながら、ペンと紙を使ってデザインをスケッチする。アシンメトリー（非対称）とシンプル（単純）の原則を考慮し、バランスと調和の感覚を生み出すためにネガティブ・スペースを使う。

庭づくり: まず、砂利や砂を敷いて土台を作り、石やその他の要素を配置します。レーキを使って、砂利や砂に模様やテクスチャーを作り、水や波を表現する。

庭の手入れ: ロックガーデンを作ったら、定期的にゴミや雑草を取り除き、砂利や砂をかき集めて、模様や質感をくっきりときれいに保ちましょう。

ロックガーデンづくりは、個人的で個性的な体験であることを忘れずに。さまざまな素材、形、パターンを試し、創造性や個性を自由に表現してください。大切なのは、心を開いて丁寧に取り組み、美しく意味のあるものを作る過程を楽しむことだ。

家庭での書道練習

カリグラフィーとは、筆やペンを使って、優雅で流れるような文字を美しく、表現豊かに書く芸術である。ここでは、自宅でカリグラフィーを練習するための手順を紹介する：

材料を集める: カリグラフィーを練習するには、筆かペン、インク、紙、そしてテーブルや机などの筆記用具が必要だ。カリグラフィー用品は、画材店やオンラインで購入することができる。

基本を学ぶ: カリグラフィーでは、筆やペンの持ち方、細い線と太い線の作り方、さまざまな文字やストロークの作り方など、適切なテクニックを学ぶ。オンラインのチュートリアルを見たり、教室に通ったり、カリグラフィーの本を読んだりすることで、カリグラフィーの基礎を学ぶことができる。

定期的に練習: カリグラフィーの上達の鍵は、定期的に練習すること。簡単な文字とストロークから始め、徐々に複雑な形へと上達していく。各文字を何度も練習し、正しいテクニックと形の美しさに集中しましょう。

スタイルを試す: カリグラフィーにはさまざまなスタイルやスクリプトがあり、それぞれに独自のルールや原則があります。さまざまなスタイルを試してみたり、好みや直感に基づいて自分のスタイルを作ってみましょう。

観察し反省する: カリグラフィーの作品を完成させたら、一歩下がってさまざまな角度から観察してみよう。作品の形、ストローク、全体的な構成、そしてあなたの中に呼び起こされる感情や感覚について考えてみてください。

カリグラフィーの練習は、個人的で個性的な経験であることを忘れずに、さまざまなスタイル、素材、テクニックを自由に試し、創造性や個性を表現してみましょう。大切なのは、心を開いて丁寧に取り組み、美しく意味のあるものを創り出す過程を楽しむことです。

自宅でのモノクロ水墨画の実践

モノクローム水墨画の練習は、自宅でも楽しむことができ、有益なものです。ここでは、自宅で気軽に水墨画を楽しむための方法をご紹介します：

必要な材料を集める: モノクロ水墨画に必要な モノクロームの墨絵を描くのに必要な材料が揃っていること。一般的には、墨、硯、筆、吸水性のあるライスペーパーなどです。これらの材料は、画材店やオンラインで手に入れることができる。

専用スペースを設ける: モノクローム水墨画の練習のために、家の中に専用の場所を設けましょう。静かな一角や部屋など、気が散らず集中できる場所であればどこでもかまいません。材料をきちんと並べ、静寂と創造性を育む雰囲気を作りましょう。

テクニックを学ぶ: モノクローム水墨画の技法と原則に慣れましょう。教則本やオンライン・チュートリアルを探したり、バーチャル・クラスやワークショップに参加して基本を学び、技術を磨きましょう。このアートフォームでよく使われる筆使い、インクの希釈、陰影、構図のテクニックを勉強しましょう。

マインドフルネスと集中力を高める: モノクローム水墨画の練習は、心を込めて集中して取り組みましょう。一筆一筆、墨の流れ、筆と墨と紙の相互作用に意識を集中しましょう。

思考を落ち着かせ、練習の瞑想的な特質を受け入れながら、プロセスに完全に存在し続けましょう。

不完全を受け入れる: モノクローム水墨画は、しばしば不完全さと自発性を賛美する。インクと筆の予測不可能な性質を受け入れ、完璧な仕上がりに過度にこだわることなく、創造力を発揮しましょう。完璧主義を捨て、芸術を創造するプロセスを楽しみましょう。

実験と探求: モノクローム水墨画は、自己表現の幅広い可能性を提供します。さまざまな筆のテクニックを試し、さまざまな題材（風景、動物、抽象的な形など）を探求し、さまざまな色合いやコントラストで遊んでみましょう。自己発見と自己探求の機会として、練習を活用してください。

反省し、学ぶ: 自分の作品とモノクローム水墨画の練習を振り返る時間を持ちましょう。上達を観察し、改善すべき点を見つけ、達成したことを喜びましょう。学習の旅を受け入れ、時間をかけて練習を進化させましょう。

自宅でのモノクローム水墨画の練習は、個人的な楽しみ、創造的な表現、内面的な成長の源であることを忘れないでください。そのプロセスを受け入れ、創造性を開花させ、この芸術形式がもたらす瞑想的な特質を味わってください。

結論

気が散りやすく、ストレスレベルが高い目まぐるしい現代社会では、家の中に調和のとれたマインドフルな環境を作ることがますます重要になっている。

沈黙の誓い、生け花、座禅、食の瞑想、ロックガーデン、モノクローム水墨画、書道、エクササイズなどの技法を家庭での日課に取り入れることは、私たちの全体的な幸福とパフォーマンスに大きな影響を与える。

これらの実践は、マインドフルネスを養い、自己認識を高め、感情のバランスを促進し、自分自身と環境の調和の感覚を育む。このような変容をもたらすテクニックを取り入れることで、私たちは内なる平和、創造性、意識の高まりの空間を作り出し、より充実した目的ある人生を家の中で送ることができる。このように、**サムライ流のヨガで、ストレスフルな人生を豊かな人生に変えることができるのです。**

その他の作品

スリデヴィ・サウンディララジャン

1. 正の無限大
2. 宇宙の21の法則
3. 私の本の王国
4. エンチャンテッド・シーズンズ：自然の魔法を抱きしめて
5. いきがいの光：人生の道を照らす光
6. 苺いちえのハーモニー：今この瞬間の贈り物

スリデヴィ・KJ・シャルミラジャン

1. サムライジャーナル
2. 禅の本棚 禅読チャレンジ50冊日記
3. 200の禅の物語： 前向きさと心の平和を育む

著者について

スリデヴィ・K.J.シャルミラジャンとしても知られるスリデヴィ・サウンディラララジャン博士は、印象的な業績と才能の数々によって人生を歩んできた注目すべきインドの専門家である。電子通信工学の学士号、MBA、人間卓越のためのヨガの修士号など、多様な学歴を持つ彼女は、さまざまな創造的・知的分野でマルチタレントとしての地位を確立した。

芸術への情熱をもって生まれたスリデヴィは、ひとつの分野にとどまらない。彼女はバラタナティヤムダンサーであり、認定ヨガ教師であり、作家であり、ポッドキャスターであり、YouTuber であり、アーティストでもある。この多才さは、彼女の自己表現と知識の追求への献身の証である。

スリデヴィの文学的業績は特に注目に値する。彼女の詩集『POSITIVE INFINITY』は、2023 年に名誉ある評価を得た。この詩集は、ポジティブ詩部門でゴールデン・ブック・アワード、詩人部門でインターナショナル・エクセレンス・アワード、21 世紀エミリー・ディキンソン賞を受賞した。2 冊目の著書『21 LAWS OF UNIVERSE』と『MY BOOK KINGDOM』も、21 世紀エミリー・ディキンソン賞（LIMITED EDITION 21st CENTURY EMILY DICKINSON AWARD）を受賞。4 冊目の著書「ENCHANTED SEASONS: EMBRACING NATURE'S MAGIC

」、5 冊目の著書「IKIGAI'S LIGHT: ILLUMINATING LIFE'S PATH」、6 冊目の著書「ICHIGO ICHIE HARMONY: THE GIFT OF THE PRESENT MOMENT」は、AUTHOR FREEDOM HUB SOCIETY より AUTHOR FINISHER AWARD を受賞。

スリデヴィの幸福と前向きさを促進するためのコミットメントは、彼女の著書を通して輝いている。"ストレスフルな人生対豊かな人生：サムライ流ヨガ "はアマゾンのベストセラー第 1 位を獲得し、AUTHOR FREEDOM HUB から PROLIFIC AWARD を受賞、2023 年には THE INTERTVIEW TIMES から INSPIRING INDIA AUTHORS AWARD を授与された。

その後も『THE SAMURAI JOURNAL』、『ZEN BOOKSHELF』で AUTHOR FREEDOM HUB の PROLIFIC AWARD を受賞。著書『200 の ZEN STORIES』：CULTIVATING POSITIVITY AND INNER PEACE "は、2023 年に国際優秀賞の女性作家部門を受賞し、AUTHOR FREEDOM HUB のプロリフィックを受賞した。これは、インスピレーションを与え、高揚させる言葉を生み出す彼女の能力の証である。

文学的業績に加えて、スリデヴィは Sheforward から NARI PRATIBHA SAMMAN CHANGEMAKER 2023、BHARAT VIBHUSHAN 2023、RABINDRANATH TAGORE LITERATURE AWARD 2023 を受賞している、国際 LSH 賞 2023、ICONIC NARI SAMMAN PURASKAR 2023、BHARATIYA BHANUSIMHA PURASKAR 2023、DRDC GLOBAL による国際 IKIGAI 賞 2023 を受賞。また、WORLD'S GREATEST RECORDS から「世界の偉業賞」を受賞。Namya Magazine 誌の Top 20 Paramount Women's Award に選出。

スリデヴィのポッドキャスト「SPREAD POSITIVITY with AUTHOR SRIDEVI」は、彼女の多面的なキャリアの新たな一面である。アップル Podcasts の新着・注目カテゴリーで視聴可能。彼女は、インフルエンサー・ブック・オブ・ワールド・レコーズとバーラト・レコーズ・ブック 2023 によって、「2023 年のポジティブ・インフィニティを支える著者であり、象徴的なポッドキャスター」として世界記録を作った。フェムタイムズ誌の女性作家・ユーチューバー部門で、栄えある「2023 年クイーン・オブ・サクセス・オブ・ザ・イヤー」を受賞。このポッドキャストは、ポジティブさ、インスピレーション、自己成長のメッセージを広めることで、彼女の著作を補完している。スリデヴィは、人々にインスピレーションを与え、高揚させることに尽力し、THE INSPIRING WOMEN COMMUNITY (TIWC) のグローバル・ブランド・アンバサダーとインターナショナル・リテラリー・アンバサダーに就任した。

スリデヴィの人生の中心には、"ATTRACT POSITIVITY, REPEL NEGATIVITY, SPREAD POSITIVE INFINITY "という深い格言がある。このモットーは彼女の人生哲学を体現するものであり、文学の世界でも芸術活動でも、彼女の仕事の指針となっている。スリデヴィの旅は、世界にポジティブな影響を与えるという、各個人の中にある変革の力を例証している。

www.ingramcontent.com/pod-product-compliance
Lightning Source LLC
LaVergne TN
LVHW041845070526
838199LV00045BA/1453
* 9 7 8 9 3 6 0 4 9 8 2 2 1 *